译文纪实

なぜ、日本の精神医療は暴走するのか

佐藤 光展

[日] 佐藤光展 著　　赵明哲 译

日本精神医疗乱象

上海译文出版社

目 录

前言 ……………………………………………………………… 1
第1章 捆绑孩子的医院 ………………………………………… 1
第2章 因处方药而走上邪路的人生 …………………………… 19
第3章 滥用身体约束和患者之死 ……………………………… 43
第4章 强制住院使健康人也沦为牺牲品 ……………………… 63
第5章 隔离和过度用药的结局——自闭症患者串山一郎
　　　突然死亡 ……………………………………………… 83
第6章 反复殴打患者的精神科医生 …………………………… 107
第7章 患者爆出药物临床研究造假 …………………………… 131
第8章 "划时代检查方法"的虚实 …………………………… 147
第9章 "开放式对话"的未来 ………………………………… 163
第10章 为精神医疗乱象推波助澜的始作俑者 ……………… 181
后记 ……………………………………………………………… 199

前　言

当下日本约有 400 万人因精神疾患正在接受治疗，每 30 人里就有 1 人。患者人数超过糖尿病、脑卒中、急性心肌梗死、癌症等常见疾病。

1999 年，精神疾病患者约有 200 万人，但在短短 15 年间几乎翻了一番（2014 年 392 万人）。抑郁症的增加尤其明显。未就诊者不在调查范围内（日本厚生劳动省每 3 年进行一次患者调查），所以有心理方面障碍的人数实则更多。

有关精神疾病的资讯增加，压力、过度疲劳导致心理不调的人们开始尽早就诊，这当然是致使患者急剧增加的因素之一。如果所有患者都能接受应有的治疗，脱离心理不调的状态，从而重返社会生活，那么没有必要因为这个数字感到悲观。

但是，精神医疗真的在治疗一个个前来求医的患者吗？患者求助于精神科是期待早日康复。3 分钟问诊后仅是开具药方的诊疗方式持续多年，患者就诊后病情却越来越糟糕，相信读者身边也有不少这种情况。正因为精神科不能治好患者，造成患者人数累积，产生了异常的增长现象。

多数精神疾患的病因至今仍不明确，精神科既没有疾病的科学分类，也没有客观的检查方法。精神科医生根据患者的陈述尝试药物疗法，这种诊疗大多有偏差，即便有效果也只不过是对症疗法而已。如果把运用 iPS 细胞的再生疗法比作最先进的超级跑车，那么精神医疗就是工业革命前的人力车。

并不是说人力车不好或者低劣，而是现如今只有依靠人力，那么应该发挥人的优势好好对待患者。但能够做到的精神科医生为数不多。多数"车夫"（精神科医生）载上患者，自信满满地出发，却在途中迷失了方向无法抵达目的地（康复）。也有的"车夫"中途把车弄翻，造成患者受重伤甚至死亡，却将责任归咎于患者——因为后面的"乘客"发狂——仍然若无其事地继续执业。

接下来将给各位读者介绍的案例，会让人极为吃惊，这些案例仿佛脱离了现实，但这些都是发生在 2010 年代当下的实录。捆绑病人的医院、殴打患者的医师、脚踹患者的助理护士、给患者剃光头的护士、满嘴谎话的准教授、逃避得一干二净的院长，还有不负责任的公共机构等将在各章节登场，他们都引发了严重问题。患者的生命健康因而受到威胁，甚至有患者身故。

恶劣的"车夫"造成的失控现象正是在日本社会对精神医疗以及患者漠不关心的状态下被默许、被放任的。受害者拼命地呼救，可社会认为这是"头脑坏了的人在说奇怪的话"，他们被社会轻易遗弃了。

后果就是以精神医疗为名的人权侵害事件愈演愈烈，强制住院、隔离、身体约束等近年急剧攀升。每年有超过 18 万人遭到精神科强制住院，至少每天 1 万人在法律的名义下被拘束住手足、身体。发生这样的事情，社会不认为是异常现象，仍然默许其继续发生，这样的社会才是不正常的。

希望读者通过本书正视精神医疗的惨状，有愤怒、有悲伤，心生危机感的人们请务必发声——当今的精神医疗不正常。越来越多声音集聚起来，精神医疗的现状必然会改变。保护你和你的家人，不让他们成为下一个受害者。

第 1 章　捆绑孩子的医院

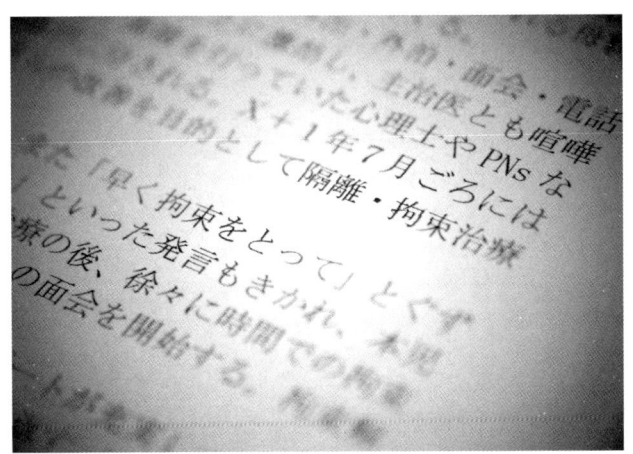

对孩子采取"隔离、约束治疗"的学会报告摘录。约束治疗的目的是"使其镇静下来以及改善生活节奏"。

如果你家饲养的宠物狗一直不能安静下来、不分昼夜地吠叫，这时应该怎么办？

你苦恼着却束手无策，于是把狗交给了能够施加管教的训练师。可是训练师施加的"管教"是把本就因不熟悉的环境而越发不安定的狗关进狭小的笼子，或是捆绑其身体，或是注射药物让它们镇静下来。这就是训练师所谓的"再养育"。

这种使用绝对的力量施加恐惧并剥夺其活力的做法十分卑劣。这不是管教而是虐待动物。对待爱惜的动物施以心理上的压抑和使其感到恐惧，这种做法被视为故意虐待。饲主报警的话，这个训练师将会因违反《动物保护法》而遭到处罚。

接下来介绍的案例与猫狗无关，而是比猫狗更加需要呵护的孩子们。然而，对动物实施的实质上的虐待行为，却以"医疗"的名义理所应当地发生在了孩子身上。代表官方的机构、组织也不采取干预措施。我希望大家能够正视这样难以容忍的现实。

高中生患者的自杀

2016年9月下旬的午后，首都圈的私铁线路发生人身事故。死者是高中一年级的男学生。警察判断其为自杀，因为有目击者看到他自己跳入铁路轨道。

1小时30分钟后线路恢复通车，载满乘客的列车很是繁忙，以几分钟一辆的频率来往于少年死于非命的现场，仿佛一切都没发生过。

但是护士辻井绫子（化名）至今仍无法忘却这次事件给她带来的冲击。死于事故的高中男生是辻井供职的首都圈一家精神科医院的住院患者，在高中生自杀前几天她还见过他。"感觉他的状态比较稳定，我跟他的主治医生聊了他今后的去向。可没想到他突然……"

那天，高中生得到了外出许可。辻井不是直接负责男孩的护士，她听说男孩难以与他人相处，因为"抑郁"住院。

就在辻井听说了令人震惊的消息之后，医院内紧急召开会议。"为什么不把内心的烦恼讲给我们听呢？"担任主治的女医生表情悲痛，但出席会议的一名护士说她曾经听男孩说过"想死"，只是医生们没有听进去罢了。其他的职员仿佛自言自语般地说"（自杀）在精神科医院经常发生"。其实这家医院从前也发生过孩子自杀事件。

辻井并不了解男学生接受了何种治疗。但这家医院频繁对孩子采取束缚身体的措施和近乎体罚的指导，她认为男孩在这样的医院里"肯定没有得到像样的治疗"。

"这种治疗是为了什么？为什么住院呢？别说治疗，这简直是加重病情。"这家医院的护士早前已有的怀疑也进一步加深。

未来梦想是成为恐怖分子

这家医院以"治疗"为名义，频繁对诊断患有自闭症谱系障碍等发展障碍或精神疾患的孩子实施身体约束。男孩上小学时因"无法适应学校"等理由住院治疗，而在住院期间他再三与其他孩子发生争吵，2017年第一次遭到身体限制。

男孩处于复杂的家庭环境之中。辻井认为"家庭是其无法适应学校生活的主要原因，再加上住院期间无法自由地生活，男孩就更加焦躁不安了"。这种情况下，首要的是应该调整其生活环境，包括家庭成员的关系。

但是医生却有不同的想法。医生给男孩穿上尿布，束缚他的身体使他动弹不得，对其使用强效的抗精神病药物，使孩子精疲力竭而镇静下来，进而安排护士喂食、更换尿布，以期达到"再养育"的目的。据称这种"身体约束治疗"旨在治疗婴幼儿期因不充分的养育环境而造成的"依恋障碍"。

为了现代精神医学的名誉，我必须首先强调一下，任何医生都不会认为如此玄妙的疗法有可以接受的科学依据，当然也不可能得到鼓励。可 1960 年代九州大学曾尝试过"依赖性药物精神疗法"。该疗法对患者大量使用抗精神病药物，诱导患者身心进入松弛状态，甚至会发生患者人格倒退现象，患者进入如同幼儿般的状态，进而实行"保护性护理"的重新养育，从而得到人格再整合的效果。这种疗法应用于青春期到成人患者的"歇斯底里""强迫性神经症""恐惧症""分裂型人格""同性恋""多动症"等。

了解当时情况的精神科医生谈道："研究报告显示疗法有效果，但药物带来的副作用威胁患者性命，便逐渐放弃使用该疗法了。"这也让人不禁联想到以脑叶白质切除术为代表的精神医疗乱象，但我十分惊讶于同样的方式在平成时代又复活了。

男孩在小学阶段经过暂时性的解放，最后历经 3 个月完全解除了身体约束，完成了所谓的"再养育"，但是先前安定不下来的状态没有大的改观。辻井感到孩子并没有好转，不安定状态反倒加剧了。

男孩解除约束后，曾有工作人员问他将来的梦想是什么，男孩回答："我想成为恐怖分子。"

辻井心里的危机感变得更强了。

"那孩子明明十分喜欢学习，但就因为身边大人的问题，没有发挥出自己本来的实力。他没有得到一个可以集中精力学习的环境，所以成绩上不去。成年人却把它视为能力的问题。"

"孩子的父母相信医院会善待孩子，所以看不到医院内发生的异常情况。身处一个随意剥夺患者自由与尊严的医院，必然会让孩子们对社会产生仇恨与愤怒，将来说不定会发生无法收拾的事情。"

学会上光明正大地报告"约束治疗"

这家医院的医生和心理师 2016 年在一次小型的学会上做了报告，内容是关于住院治疗的中学男生（以下称为 A 君）的病例。报告一言以蔽之，那就是鼓吹"约束治疗"的优势。

A君一直存在睡眠障碍、昼夜颠倒、网络游戏成瘾的问题。父母进行教育，他便恶言相向甚至还大打出手，于是采取医疗保护性住院（无法取得本人同意的情况下，取得家人同意可以实施强制住院）。但是A君对待父母之外的人有礼貌，住院后也能够与工作人员平和地相处。

　　他开始从医院每天往返上学，但与接送他的母亲频繁发生摩擦，在学校里变得不安定。他在医院里也开始向其他患者口吐恶言。

　　暂时在外居住期间他与家人大吵一架，根据主治医师的指示禁止他外出、在医院外居住、会客、电话联系，甚至限制使用智能手机。A君对此反应激烈，对主治医生也开始产生敌意。他还对工作人员口吐恶言，但他对负责面谈的心理师等部分工作人员表现出依赖的态度。因此，医院内部对A君的看法也相当割裂。

通过强压让患者老实

　　各位读者读到这有什么看法？A君哪里得病了？为什么必须住院？在我看来是无法解答的。他的情况与青春期有关，同时和父母的关系恶化、沉迷网络游戏更激怒了父母。A君则越来越反叛，于是才造成了这样的局面。

　　他虽然住院了，但亲子关系仍旧没有好转，他变得更加焦躁不安，甚至在医院里胡闹。很容易想象出A君的无奈。如果我是他的话，想必也会做出相似的举动。等待着他的是"约束治疗"。让我们看看学会报告的摘录。

　　"拒绝进食、昼夜颠倒等偏差行为越发显著，开始隔离、约束治疗，目的是使其镇静下来以及改善生活节奏。"

　　"当时他经常显示出不安的样子，一有什么便大哭起来，呼喊护士。虽然他还发出挑衅'快点把我绑起来'，但慢慢地，他会说'我想感谢工作人员''在这里自己会感到安心'等等。本来对他持否定态度的工作人员也开始怀有善意。一个月左右的约束治疗结束后，逐步解除计时的约束治疗，同时配合药物减量，护士陪同进行康复治疗。同时也开始心理师的面谈和父母探望。在提到解除约束时，其本人陈述'感到不安'。"

"在病房全体人员的共同努力下，最终靠着采取约束治疗，加深了对于该儿童病例的理解与治疗实践。从结果上看患者镇静下来了，这也离不开孩子父母的理解。"

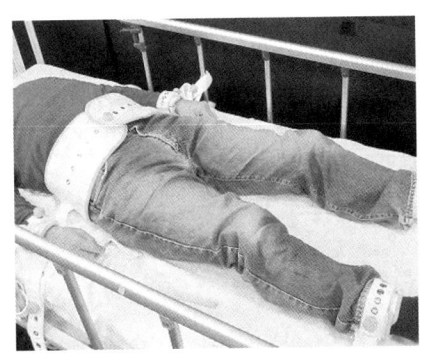

身体约束的图例。通过固定手足、躯干使身体无法动弹。(杏林大学保健学部教授长谷川利夫提供)

正如不可能存在"铁腕惩罚治疗""脚踢面门治疗"一样，"约束治疗"也不可能存在。束缚住身体明显是侵犯人权的行为，虽然仅限于棘手的情况下，精神科会临时性地认可约束治疗，但这到底是非常手段而并非治疗。如果为了用强压以期孩子屈从、老实，而采取身体约束的手法，这就是虐待儿童，也是明确的违法行为。"约束治疗"给孩子们带来的恐惧、绝望、孤独、羞耻、精力缺失等负面情绪是无法估量的。

A君出院后，是否能够克服"约束治疗"的阴影重新振作起来呢？

所谓的"约束治疗"严重损害了孩子们的心灵,剥夺了他们面对逆境的气力,只不过达成了暂时性的"镇静"罢了。即便在少管所和未成年人监狱都不被准许的行为,为什么能够轻易地在医疗机构里上演呢?

护士们在 LINE① 里感慨无奈

对孩子实施身体约束一事是这家医院的护士们在 LINE 群聊里频繁谈论的话题。下面是 2017 年对话的一部分。

参加群聊的护士姓名用大写字母代替。出现在对话里的患者姓名用小写字母表示,用 Z 代替主治医师的名字。省略了对话中无关本话题的部分以及表情图片。为了方便阅读增加了标点符号,但错别字没有修改保持原样。

2017 年 5 月某天夜晚

护士 A:a 还被绑着?
应该是吧。
有什么变化吗?

护士 B:a 可以移动,但还是被绑着。
今天看 b 的情况可能不用被绑起来了。

护士 A:我看了一眼。
答应不乱闹。情况如何?

护士 C:Z 一旦听到吵闹马上会把他们绑起来的。昨天 c 和 Z 隔着远程监控面谈,他开始吵闹,结果马上被绑起来了。

护士 B:孩子还有人权可言?
这个病房可真要命了。

---

① 一款在日本使用率很高的即时通信软件。

今天值夜班的是护士 H 和护士 I。
护士 A：那孩子自己说没有接受到好的教育。
护士 B：b 几次想来护士站，马上被绑起来了。
护士 A：d 的话轻松地成功混进来了。

惩罚？！
这可是违法的啊。
护士 B：一直在哭。
本来 b 要是有什么要说的，我们都会倾听的。
护士 A：难不成又开始"再养育"了？
护士 B：有可能只有晚上会绑。
护士 A：因为捣乱吗？
因为要求其接触他人，但他的反应不对，所以就变成这样了。
护士 B：怎么办好呢？
说捣乱就是捣乱，不管发生什么都能够绑吗？
护士 D：Z 把绑当作惩罚……惩戒。本来就不应该使用束缚……精神保健法的第一条就写着呢！
护士 B：以防止影响他人为名义，把躯干、四肢等约束在床等其他地方。
↑这种惩罚……

2017 年 5 月某天清晨
护士 C：早上好！
我在电视上看到虐待孩子的父母常常以教育为名用绳子把孩子手足绑住，迫使其一直在家待着不让出门。在病房里只要上报，这样做就是允许的吗？！
护士 D：早上好！
只要是主治医师的治疗方针，那做什么都没问题……前段时间在病例讨论会上说的。
但哪怕是医院要这样做，还是主治医师要这样做，都是不行的！

护士A：这是虐待。
护士C：法律成了一纸空文。
　　　　就是说啊。
护士A：今天还被绑着吧？真可怜。
护士B：4个人被绑着！
护士A：故意这么做，用来吓唬人的吧（笑）。
护士B：我受不了，马上离开了。

2017年5月某天夜晚
护士A：e也在不知情下接受治疗试验。因为钱的关系。
　　　　穷人只能接受治疗试验。
护士B：真想把e哭泣的样子给Z看看。
　　　　因为钱，人都扭曲了。

2017年6月某天白天
护士B：f被绑着？
护士C：是的，他偷黄书败露……就被绑上了。

2017年6月某天白天
护士D：昨天发生患者互殴……应该要进收容所了。
护士C：所有人都不行了吧。就没有一个孩子有好转……
护士A：g，还有e真可怜，真是可怜。
　　　　真想对g说快跑吧。
护士B：部长正高兴现在住院患者多。那个人似乎只考虑经营问题。

护士 A：医院赚钱了，管理层能拿奖金什么的吧？要是患者减少，收入也会减少吧？

到底为了什么信念做事呢……可悲。

内部举报体罚

上文护士之间的对话发生在 2017 年夏天。而那个时候，这家医院所在地区的精神保健福祉中心收到了内部举报，称该医院发生了不适宜的身体约束和虐待、体罚。举报当中的证据正是当年春天住院的高中男生（下称 B 君）的相关材料。根据我手上的同类材料和相关人士的证言，让我们看看 B 君的遭遇。

B 君因为偷窃食品而住院。他的家庭环境相当复杂，曾有过住院经历。主治医师将本次住院定义为"反省自身的行为"。医院明明不是矫正机构，难以理解为什么还让他住院，但我们继续看接下来发生的事。

住院后没过多久，B 君被送进名为"静养室"的隔离室。除了洗澡外不得外出，每天按照既定的日程安排，抄写经文、折千纸鹤、写反省文章、清扫厕所、肌肉锻炼。他"能够切实地执行规定的生活模式"，因而得以在住院后的第二个月开始了隔离室和高中之间往返的怪异的学习生活。

给高中生注射非适应范围的抗精神病药物

医院要求 B 君上学不能迟到、不能缺勤。不久 B 君转入 3 人病房，住院期间注射了抑制幻听、妄想等症状的精神分裂症[①]药物阿

[①] 原文为"统合失调症"。近年来，由于"精神分裂"一词负面意味较重，助长了对患者的歧视和偏见，精神医学界掀起改名运动。2001 年和 2014 年，中国香港和台湾先后将其更名为"思觉失调症"（Schizophrenia）；2002 年，日本将其更名为"统合失调症"（Integration dysregulation syndrome）；2012 年，韩国将其更名为"调弦病"（Attunement disorder）。中国大陆学界对更名一事也有讨论，但对于新名称一直没有达成统一意见。

立哌唑（抗精神病药物）。注射该药的效果虽然能够持续一个月，但因为长期存在副作用，所以该药物的使用应该慎重。医院将 B 君住院定位为"（对偷窃的）反省自身的行为"，而非对精神分裂症的治疗，可为什么还给他注射该药物呢？

据知情人士说，医院给 B 君的诊断是"广泛性发育障碍（自闭症谱系障碍）"。阿立哌唑片剂（包括粉剂）从 2016 年起可以用于治疗"伴随儿童期自闭症谱系障碍的易刺激性（即癫痫、攻击性等）"。但前提条件是"不能轻易投药和长期使用"（阿立哌唑的使用注意）。这里的儿童期指的是 6 周岁以上、18 周岁以下。但注射剂现在仍然仅用于治疗精神分裂症，药品说明书上记载着儿童使用"安全性尚未确证（没有临床经验）"。

国内的临床试验显示服用阿立哌唑片剂的儿童有 72.7% 出现副作用，其中 48.9% 产生嗜睡现象。孩子在上课期间频繁地打瞌睡，很可能无法适应学校生活。同时也伴有体重增加（18.2%）、流口水（9.1%）、食欲亢进（9.1%）、恶心（6.8%）、食欲减退（6.8%）、倦怠感（5.7%）等副作用。可以看出即便服用片剂，阿立哌唑也不是患有自闭症谱系障碍儿童应该轻易尝试的药物。

用理发推子惩罚高中生

B 君 5 月底曾出院，但很快再次住院。往返于医院和高中的怪异生活又开始了。一天，护士发现 B 君在袜子里藏了数个乐天的桃子味口香糖准备带进医院。医院似乎对于糖果有严格的限制措施，仅凭这一点也可知道这种环境对于正处于成长期的孩子多么严酷。B 君与医院工作人员发生了以下对话。

护士：那是什么？等等，全部拿出来。
B 君：没什么。别人给我的。

之后，护士拿过他的书包，开始身体检查，并向主治医师报告。护士们开始说要惩罚B君，要给他剃头发。

  B君：随便你们吧。没关系。头发剃了我就不去上学了。
  医生：这件事怎么了结呢？
  B君：我好好跟护士道歉，不再做这样的事了。
  医生：你辜负了我们的信任。要是那么讨厌剃头，为什么还要拿这些呢？拿了就应该立刻说。
  B君低下头保持沉默。
  医生：只剃前面。
  B君仍然低着头保持沉默。

最后他们用9毫米的理发推子把B君头的前半部分剃了。这样的发型相当奇怪吧，B君感到羞耻，于是没法去学校了。

这家医院为什么要对一个能够好好去上学的学生做出这样打击积极性的事呢？这不是什么"理发推子治疗"，显然属于体罚。要是同样的事发生在学校，想必校长应该面对媒体的"长枪短炮"，深深地低头谢罪吧。

无法救助孩子的行政体制

精神科医院把"医疗"之名当作挡箭牌，对孩子持续实施约束。刚才已经提到有知情人看不过这些，于是向精神保健福祉中心提交了举报材料。地方政府在2017年秋对该医院展开定期检查，同时分别同医院院长、医务科科长、精神科医生、护士部部长、护士科科长等面谈。最终结果是这么回复举报人的：

"（医院院长和护士部部长）说不了解病房内的细节。"

"（精神科医生和护士科科长）说理发推子是家长带来的。父母委托医院为他剃头，而且也得到了本人的同意。"

"没有发现虐待或者违法约束的事实。"

这样的回答真让人沮丧。于是我找到参与调查的地方政府负责科长和精神保健福祉中心负责此事的工作人员，二人同时在场，他们是这样说的：

"我们在详细调查了医院的记录后，发现理发推子的事还有身体约束确有其事。我们告知了医院，理发推子一事有可能被认为是体罚，医院方面回应说不会再发生了。"

那么打算如何处理"约束治疗"呢？二人听了我的问题，面露难色。

"说实话我们感到相当震惊。我们也从未听说过采用身体约束的治疗方式，而且对象还是孩子。但医生在治疗中拥有自主裁量权，当他们说'治疗是严格遵照法律的'，我们也不好再继续深究。可以收治孩子住院的精神科数量极少，几乎没有什么选择的余地，这是实情。我们也不能呼吁大家不要去那家医院……"

这可真叫人心烦。只要"约束治疗"未引发孩子死亡，行政方面就打算放任不管——尽管可能已经有许多孩子遭受了心理创伤。

这家医院的医务科科长在接受我的采访时说道：

"（理发推子）这事我们接受了行政方面的指示，今后不会再发生。但这是监护者提出的要求，我们不认为有问题。因为这个家庭经济上有困难，理发费用也是相当沉重的负担。身体约束是严格遵照法律执行的。"

护士长一句"只能绑上了"，患者就被绑起来了

先前介绍的一位参加 LINE 群聊的护士，对于理发以及身体约束一事的看法和医务科科长并不一致。

"理发推子是让他父母带来的，目的是取得家长的同意。再怎么想理发，可以请定期来医院的理发师，也可以等待外出时找价格更加便宜的理发店，完全不需要医生和护士长来剃。他本人十分抵触，这是一种惩罚，明显是体罚。"

"有时也会根据护士长的意见实施身体约束。绑起来的原因是'胡闹影响他人'。关在医院里的孩子们肯定很焦躁不安，但仅凭护士长的一句话'只能绑上了'，不需要通过医生同意就真的把孩子绑起来了。"

"懂一点常理的工作人员全都对此感到疑惑。可一旦说出口，马上就会被排除在外，抑或是遭遇管理层露骨地滥用职权打压，他们会说'辞职不干也没关系的'。很多工作人员对于孩子们的遭遇真的感到非常遗憾，但考虑到今后的生计，大多数人也无能为力。"

除了场面把式其他什么也不做的人们

医院里的相关人士曾向日本精神科看护协会投诉。有两名精神科认定护士深度参与到身体约束的决定以及类似体罚的行为中，投诉要求管理认定的协会"不再接受她们的资格认定"。

举报人在 2017 年 9 月到访位于东京都港区的该协会，对数名负责人详细阐述了问题所在。负责人听了以后分别表示"不能让患者蒙受损失"，"问题在于看护团队的负责人采取了偏激的做法"，"看护工作要与时俱进，对此协会将与所有护士逐一进行谈话"。但最终结局是"协会不具备调查权限"，所以很难采取行动，对话以能够预

想到的和谐结束。

2017年12月，举报人收到日本精神科看护协会的一份材料。标题是"关于精神科认定护士制度设置规则第9条适用的讨论结果"。经过行政方面的调查，"没有明显的违法行为"，并不违反该规定第9条，因此得出了不给予两名护士取消或停止资格认定的处理结论。

但是，材料中还有下列表述："我们十分认真地对待您指出的问题，并向您报告。我们也敦促这两名精神科认定护士总结自身言行，更好地做好看护工作。"希望这种态度不是假话。

医院"绑起来就不管了"吗？

我也申请了采访这名采用"约束治疗"的医生。因为"采访医生需要通过医务科"，我再三与医院方面联系，最终也获得了同意，但半年过去了仍没有成行。开头是医生"身体不适""忙于准备学会"没能马上接受采访，但慢慢地医院开始用与医生工作或身体情况不相关的理由——如"医务科科长工作繁忙无法处理采访一事""所有人都在忙诊疗报酬改革"等等——回绝采访。

2018年夏天，过了最初设定的采访日期，仍然完全没有收到是否接受采访的回复。没办法，我只能认作其拒绝接受采访。如果"约束治疗"真的取得了令人惊叹的效果，完全可以堂堂正正地接受采访。但现实如何呢？

在家庭、学校引发问题的孩子，不是由家长或教师进行教育，而是任由医院把他们绑起来便不再管了。这样的事会发生，其背景是整个社会低下的宽容度，以及家庭、学校无力开展教育。"发育障碍"这样简单的标签如此好用，而这种标签的泛滥早早地把需要多加照看的孩子从教育途径排除，进一步将他们推向精神科。父母、教师每天被工作追着跑，照看孩子的时间受到限制。现实虽然如此，但也绝不应当让本该负责医疗的精神科成为黑心的矫正机构。

据说涉事的精神科医院里,"有良知的工作人员痛心地离开,留下的人继续装作看不见"。行政和职能组织的"鸵鸟主义"问题也相当严重。照此下去,对孩子们采取过度的药物疗法以及玄学疗法可能在不为人知中继续扩大。

请有儿孙的读者试着想象一下,您珍视的孩子因为"胡闹"被绳子缚住手足、腹部,被垫上纸尿裤绑在床上哭泣着喊叫着的样子。连续数日、数周被一直这样绑着。

这样做真的会让孩子的情况好转吗?

第 2 章　因处方药而走上邪路的人生

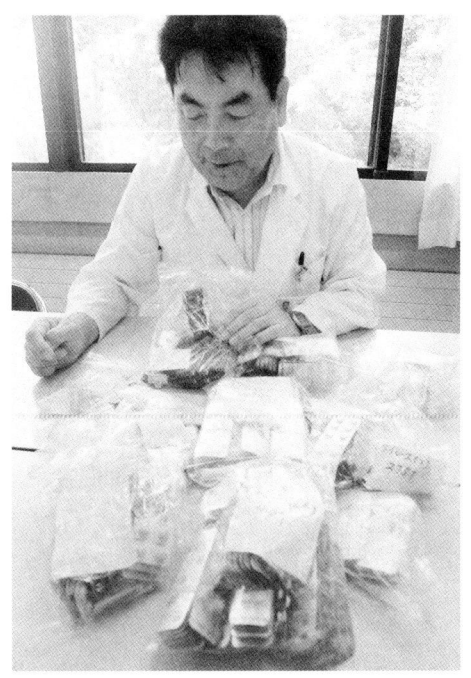

赤城高原医院的竹村道夫医生展示需要减量停药的患者此前通过处方拿到的精神类药物。处方药成瘾源于医生不负责任的态度。

作用于脑部的精神类药物挽救了被精神疾患纠缠的患者。但也有患者因为相信医生开始服用抗郁药物、安眠药、抗焦虑药物，药物的副作用导致噩梦般的结果。可以看到由于个体体质不同，副作用可能造成性格、行为发生剧变，不单身心甚至连人生都遭到颠覆性改变。

日本现在有不少患者因长期服用安眠药而陷入处方药成瘾的境地，由于无法戒断药物而陷入痛苦。可是国家不曾开展调查，也不拿出救助措施。任由医生不负责任地开处方，导致数不胜数的医源性疾病。下面3例就是其中的代表。

案例1　因抗郁药物的影响，家庭主妇在身体上刺满刺青

"这是什么情况……"

在赤城高原医院（群马县涩川市）的诊疗室内，竹村道夫院长大为惊讶。

患者是30多岁的家庭主妇上原直美（化名），育有两个孩子。上原的身体让面前这位经验丰富的精神科医生也惊讶得说不出话来。

两只手臂、一条腿、背后左上部有着奇怪的文身，文身的是一个戴着口罩的人，让人不免联想到恐怖电影中的人物。这人的身体各处甚至还戴着穿环。

文身并在身上至少十处打孔穿环是在来赤城高原医院就诊之前的半年里发生的。她的变化是突然发生的，时间点正与抗郁药物盐酸帕罗西汀（SSRI）的加量重合。

4年前，上原女士与丈夫分居，且受照料孩子的疲惫影响，陷入抑郁状态并伴有失眠。这与其说是"脑部疾病"，更可能是因为压力和疲劳过度导致的暂时性"反应"。但住处附近诊所的精神科医生没有建议她改善生活环境，而是直接开出了盐酸帕罗西汀和安眠药

的处方。医生也没有解释药物的副作用。此后，她的症状暂时好转，但并没有完全康复，继续看医生的过程中药量不断增加。

抗郁药物虽然能够暂时性地提振心理状态，但上原女士身处的环境以及自身的意识、生活习惯等不改变的话根本无法完全康复。因生育导致的体内荷尔蒙的变化也会对抑郁状态有一定影响。但从用药一边倒的精神科治疗的角度，以上的可能性都被忽略了。

盐酸帕罗西汀每天的服用量达到上限的40毫克时，本来性格温和的上原女士开始发狂。化妆突然变浓，着装也变得花哨起来。她开始对家人口吐暴言，外出时在商店里"顺手牵羊"。不知不觉，她开始文身，在身体上穿环。

上原女士因盗窃被警察拘留保护，鉴于她此前没有犯罪记录，警方将她异常的举动视为"精神问题引起的混乱"，建议她接受专业的治疗。可先前就诊的医院声称"偷窃是性格问题，无法治疗"，上原女士没有住院接受治疗。

她继续服用盐酸帕罗西汀40毫克。上原女士也认为自己不安定的心理状态是精神疾病，所以想要尽快恢复，她认为药物的作用不可或缺。但她的言行却越发混乱，她在家里紧握着菜刀，在孩子面前大喊"刺我！"。

在家人的督促下，她又到另外一家医院就诊。但医院答复无法治疗，向她介绍了赤城高原医院。竹村是治疗盗窃癖的专家，截至2017年年末的10年间治疗了1600余名习惯性盗窃癖患者。

"她突然表现出的攻击性和冲动性可以认为是抗郁药物引发的。我曾经读过类似情况的病例报告，患者自服用药物开始，表现出显著的攻击性以及反复出现盗窃等不当行为。这是我头一次实际接触这类病例，此后又遇到过几例。相当多的医生不了解有此类病例，所以才会把她出现的混乱当作性格、疾病引起的。"竹村医生说。

抗郁药物引发的重案

服用抗郁药物等精神类药物的人犯下重案，且其用药与犯罪行为可能存在关联性的案例并不在少数。

1999年7月23日发生的全日空NH61航班劫机事件中，当时28岁的犯人刺杀了机长。他早在一年前就开始服用抗郁的处方药。

东京地方法院在2005年3月对案件的判决中认可被告受到抗郁药物影响，最终判决其无期徒刑，而不是死刑："本庭认为被告因处于中度抑郁状态服用抗郁药物，受此影响在实施犯罪行为过程中处于狂躁和抑郁的混合状态，是非善恶判断能力及基于此导致的行动能力并非完全丧失但显著性减弱。本庭认定被告人在实施本案犯罪行为期间处于心神耗弱状态。"

可以看到SSRI等抗郁药物的药品说明书有关"重要基本注意"的项目记载如下：

"有出现焦虑、焦躁、亢奋、恐慌发作、失眠、易刺激性、敌意、攻击性、冲动性、坐立不安/精神运动性不安、轻躁、躁郁等症状的报告。因果关系尚不明确，但引发这一类症状、行为的病例当中，也有基础疾病恶化以及产生自杀念头、自杀企图和做出伤害他人行为的报告。"

但很少有医生向患者及家属说明如此重大的风险，轻易地持续给患者开具处方。

停用抗郁药物，恢复了温顺的性格

上原女士住院治疗了2个月，其间竹村医生一点一点减少她的抗郁药物药量，直至最终完全停用。因为一旦突然停用SSRI等抗郁药物，可能产生无力、失眠、噩梦、眩晕、感觉异常等不同症状，所以需要花时间逐步减少药量。

与减药同步进行的是帮助她接受咨询，分析育儿疲劳的情况，以及向她提供能与一起住院的患者活跃交流的场合。她的精神状态快速地趋于稳定，家人和朋友都说她恢复了原本温柔而且愿为他人考虑的性格。上原女士的症结并非原本患有的躁郁在抗郁药物的影响下显著地表现出来，而是抗郁药物的副作用严重扰乱了身心。她回忆起处于身心混乱时的心境说："我常常感觉焦躁不安的自己并不是真实的自己。偷窃也好文身也好，都是为了报复这样的自己。"

上原女士在切实的住院治疗和家人的支持下恢复了原本平稳的生活。但是身上各处的文身没办法完全消除，她后悔地说："要是早点怀疑药物的作用就好了。"

竹村医生说：

"抗郁药物只要使用得当，并不是什么危险的药物。但由于个体的体质不同，可能出现情绪高亢的'激活综合征'，导致患者做出无法预料的行为。对于医生和患者来说，了解这些情况非常重要，一旦发生状况可以快速地应对。"

案例 2　为了支撑高强度学业，青年服用公开售卖的咖啡因产品过量，导致过度服药

现年 30 岁的冈本诚（化名）在高中时期为了考入东京升学率高的学校而养成了一个习惯，每当临近定期考试，就到某家药店购买市面上的药物服用。

这款药品主要含有咖啡因和维生素 B1，能够消减睡意和倦怠感。他的父亲从事销售工作，经常需要开车，就会吃这种药防止驾驶时打瞌睡。"要是吃了那药应该能增加很多学习时间。"冈本想，于是他瞒着父母购买药物，开始服用。

这款药品的广告上写着"开会、深夜加班、备考等，希望去除

困意时相当有效"。冈本也实际感受到它的作用。

"吃了它真的感到兴奋起来,每天只睡1—2小时也能够集中精力学习。"

冈本先生的体质的确容易让药物产生作用。

随着大学入学考试的临近,冈本服药的频率越来越频繁。学习时间增长,相对地,成绩也提高了。但背后隐藏着严重的睡眠负债。当他考上目标大学的理科学部,紧绷的心情松弛下来,之前背着重负的身心开始发出警报了。

让燃烧殆尽的心灵失控的处方药

白天太阳升起来了,冈本却疲倦得无法起床。"该怎么办?"他焦虑万分,找不到解决办法。无法言说的不安感和悲观情绪充满内心。

"之前的备考已经相当不容易了,可是更高强度的学习还将持续数年。已经不行了,无法忍耐下去了。"

冈本先生只去了大学几次便不再去了。身体倦怠,不分昼夜,既提不起劲来也无法入睡。于是他到医院内科看病,医生开了佐匹克隆(非苯二氮䓬类镇静安眠药)。他在服用该药物后能够睡着了,但他也注意到了伴随的其他效果。

"吃了药感觉如同喝醉了似的,容易忘记不好的事。"把以药代酒作为目的服用催眠药只不过是暂时逃避眼前的问题而已,只会把自己逼得越来越走投无路。但是冈本先生本就长期服用市面上售卖的消除困意的药物,对药物十分依赖,完全没有顾及到药物存在副作用的问题。

"如今回想起来,我借助消除困意的药过度熬夜而导致身心俱疲,植物神经紊乱。考上大学后引发了抑郁和失眠。但我当时更相信药物,而且是医生开具的处方药,从没想过自己会陷入药物依赖和过度用药的泥潭。"

他为了逃避现实开始服用苯二氮䓬类、非苯二氮䓬类、噻吩并苯二氮䓬类等安眠药及抗焦虑药，服用量不加节制地增加。这些药物都有严重的依赖性，长期服用后如果减少服用量，会引发强烈的焦虑感以及盗汗、头痛、失眠等戒断症状，从而导致无法减少药量。另外，持续服用药效会减弱并容易产生耐药性，从而变得需要更多的药物。冈本先生遇到的便是这样的情况。

药物依赖招致的恶性循环

冈本先生在家闭门不出，为了逃避面对现实的痛苦继续服用佐匹克隆和抗郁药物。服药量不断增加，依赖药物的心理也更加强烈。闭门不出的第三年，他因为服药过量失去意识。不使用佐匹克隆后，作为替代，他购买市面上的睡眠改善药物，却无法获得宿醉感，便焦急地大量吃药，随后晕倒了。他被救护车送到医院接受洗胃。

自那以后他仍然寻求宿醉的感觉，到内科、精神科等三四个地方开药。即使这样药还是不够，他甚至通过互联网从国外购买。

佐匹克隆本来的用药量是就寝前服用一粒，他开始白天每隔3小时服用2—3粒，因而整天昏昏沉沉，一直处于心不在焉的状态，同时食欲不振。一旦服用的间隔时间拉大，强烈的头痛和焦虑便会袭来，所以他一直增加服用药物的频率。

冈本先生此时还没有发现自己产生了耐药性，药效只能在短时间内维持。只要服药间隔时间一长，他便会产生通常在急剧药物减量或停药时才会表现出来的戒断反应。

冈本先生对自己一直远离社会的状态感到十分焦虑，于是忍耐着身体的不良反应勉强去打工。但他容易产生疲劳，心情时而高涨时而低落，缺勤的次数一直增加。

他没有想到自己慢性不良状态的罪魁祸首竟是处方药，之前根本没有产生减少药量的想法。他回想说:"身体一感到不对,我就想是不是因为没有吃药,于是又去吃药。这是一个恶性循环。"

在那段黑暗时期,他经常在家发作,还曾殴打过父亲。他做什么事都提不起兴趣,也不出门,还打算过割腕或者上吊。为什么内心如此混乱?他单纯地认为一切的元凶是他患上的精神疾病。为了控制病情,他又开始吃药。

这期间冈本先生看过的精神科医生都诊断他患有精神分裂症和双相情感障碍。他们没有考虑到他正在服用的药物的副作用,而将他心情的激烈变化解释为疾病引发的症状。因此,医生们继续给他增加药物,而不是减少。冈本先生的身体无法恢复,看不到希望,心情悲伤,他重复着过量服药而后被急救送到各处医院住院的循环。

住院期间,精神科医生怀疑他患有自闭症。原因是他对特定药物存在很强的执念。这是自闭症的特征之一。但冈本先生并非从一开始就沉迷于服用安眠药的,他是因为陷入处方药成瘾的状态才变得无法放弃药物的。精神科医生们这种生搬硬套的合理主义判断到什么时候才能停止?

恢复的第一步始于"感觉不对劲"

2016年,通往恢复的道路突然打开了。这并非医生的功劳,而是冈本先生自身的。

他的脑海中每天充斥着想死的念头。什么也干不成,什么都没有改观,他的视野变得狭隘,但绝望中突然迎来了客观省视自身的时刻。

"总感觉不对劲。"

眼前总是摆着大量药物。"我为什么要吃这么多药?身边没有人吃这么多药。真的有必要这样吗?"他之前没有意识到这个理所当然的问题,但此时疑问如同决堤的洪水喷涌而出,已然无法阻挡。

他在网络上搜索了自己正服用的安眠药，查找出大量关于处方药成瘾的信息和用药经验。虽然这些信息并不完全是可以信任的，但也不全是虚假的。

他曾经看到过同类信息。2015 年他被送医急救时，接收他的那家医院指出他可能存在处方药成瘾，但当时他心里强烈地否定，认为自己不是的，没有能够接受这一说法。那时他也许害怕面对真相，但现在不一样了。"减少药量的话说不定能行！"他重新燃起了康复的希望，头脑里盘旋的死神在这一天消失了。

忍受强烈戒断反应重返社会生活

2016 年夏天，冈本先生到东京的公立精神科医院住院接受减药治疗。安眠药一减量，马上产生了强烈的戒断反应。恶心、食欲不振、头痛、倦怠感、厌恶感、焦虑、失眠、盗汗、听觉过敏……这些症状哪怕出现一种都十分痛苦，现在如同雪崩般一起压在他身上。

再怎么痛苦，要是重新服药这一切全都白费了。一般做法是慢慢减药，比如暂时恢复一点点药量而后再减少药量，或者更换为不容易成瘾的药物，但患者仍然需要忍受过程中出现的戒断反应，只有这一条路。如同人间地狱般的痛苦持续了 3 周。

3 个月后，他需要继续住院治疗，于是转院到赤城高原医院。住院治疗的大约一年时间里他成功摆脱了对安眠药和抗郁药物的依赖。

减药治疗的关键不仅仅在于减少药量。患者从药物的宿醉效应中清醒过来后如何面对现实是一项考验，这同时也在考验医疗体系如何为患者提供咨询支持。

赤城高原医院除了组织医生和心理师参加的咨询，还会频繁举办住院患者参加的多种主题的互助会，给有过相似遭遇的患者提供敞开心扉的机会。此外还有曾经住院患者的分享会，以自己的体验为素材创作、由医生和其他患者表演的心理剧等。

"我在同其他住院患者的交谈中逐渐感受到'自己不是一个人'。所有人有着相似的经历，即使寥寥数语也能够得到理解或他人的共鸣——'那不好受吧'。而且看到其他人康复出院，我会想'我应该也能够恢复'。"

冈本先生在 2017 年秋出院，他选择住在赤城高原医院附近，开始定期与住院患者分享他的经历。他的病既不是精神分裂症，也不是双相情感障碍，而是处方药引发的药物成瘾。

他还年轻，还有时间挽回。他开始同自己的性格和解，学会接受往往会较真过头而导致内耗的自己，迈出向社会生活回归的一步。

案例 3　上班族疯狂盗窃，哪怕是自己不想要的商品

2016 年 2 月，近 50 岁的田村一雄（化名）假释出狱。时隔 2 年 4 个月，他返回仙台市的家中与妻子团聚。

他的罪名是惯窃罪。假释后 3 年有期徒刑期满，他恢复了自由身，但直到现在他还在说："我不知道自己究竟为什么要做那种事，为什么要偷自己不想要的东西，我到现在自己都无法理解。"虽然他的话听上去似乎毫无反省之意，但田村先生是真的不清楚。

田村先生长期在保险公司工作，工作上也有一定建树。他性格认真，有正义感。他不曾有过盗窃他人物品的行为，哪怕一点想法都从来没有过。

改变田村先生的是抗焦虑药和安眠药，它们积年累月地慢慢将他腐蚀了。

因极度社交恐惧持续服用抗焦虑药物却无甚成效

田村先生从 32 岁开始服用抗焦虑药依替唑仑。他曾经斩获优秀的销售业绩，后辈们纷纷对他刮目相看，因而在公司内部屡屡获得

发言、展示的机会。但他患有重度社交焦虑障碍。他虽然与顾客面对面讲话时能够保持心情平静，但当面对既是伙伴也是对手的同事时，他的心脏仿佛要跳出来似的怦怦直跳。他满脸通红，口齿结巴，手脚颤抖，直冒冷汗。

"我觉得是因为自己想在同期和后辈同事面前要面子过了头。自我意识过剩吧。我越想流畅地说话，反而越结结巴巴，结果更加焦急得说不出话来，羞耻感导致身体出现了多种反应。"

现在回想起来，要是当时意识到这种焦虑是过剩的自我意识导致的，要是能够积极地接受失败也是经验的一部分的话，"说不定自己就能够逐渐地习惯，能够越讲越好了"。但当时他焦虑过头而无法客观地认识这个问题，心里想着"再也不想遭受如此耻辱了"。

主治医师说"持续服用也没关系"

于是他寻求帮助开始看医生。精神科诊所的主治医师根本没有追究社交焦虑症的根本原因，仅凭听他说"会议上紧张得无法说话"，就诊断他为焦虑障碍，开了处方药依替唑仑。之后医生也没有进行充分的诊察，继续随意地开具处方。这种情况持续了11年，除了依替唑仑，还追加了抗焦虑药物阿普唑仑。

药物一开始的确有效果。"我吃了药，心情上感到轻松了，能够沉着地讲话了。我开始变得每次会议前都必须吃药。"

抗焦虑药物有暂时缓和强烈焦虑感的作用。如果在不擅长应对的会议之前服用便能够流畅地讲话，那患者便能够恢复自信，斩断恶性循环。与此同时，逐渐减少药量，配合心理疗法，从而帮助患者达到不需要药物也能够克服过度焦虑的状态。这本来是疾病性社交恐惧（社交焦虑障碍）的治疗策略，但田村的主治医生在其服药期间没有任何说明。不光如此，当田村先生询问长期服用药物的副作用时，医生回答说"持续服用也没关系"。

当时关于抗焦虑药物、安眠药的依赖性已经被指出，但日本还是有很多医生低估其副作用。早些年被用作催眠镇静药物的巴比妥类药物存在过量服用致死的风险，但后来苯二氮䓬类的抗焦虑药物、安眠药的出现大幅降低了过量服用导致死亡的风险，于是医生便开始安心地开具处方。可正是这种安心感引出了"持续服用也没关系"这种非科学的、漫不经心的处方，许多患者因此陷入处方药成瘾的境地。

拙作《精神医疗的黑暗面》中介绍过，有的医生会通过致使患者处方药成瘾而一直来院，实现医院营收上的持续稳定。

渐渐地，田村先生不光在会议前服药，每当在公司、家里感到压力时就会服用依替唑仑。这种服用精神类药物的方式并非辅助患者冷静地克服焦虑和压力的手段，而是被当作简单地逃避压力的方式。田村先生依然被药物控制着。

随着服用时间越来越长，如果不加量就感觉不到药物有效果。他担心药效消失的焦虑越来越强，越来越无法放弃药物。医生随意开出的处方使得原本认真工作的田村先生变成了一个离开药物一事无成的人。这样的例子不在少数，错误的处方给社会带来难以估量的损失。

医生把玩忽诊疗的账记在患者身上

田村先生的主治医师既不说明药物依赖性的重大副作用，又敷衍回答他的提问，也不细致地评估症状的变化，继续不负责任地开处方。可以说，他放弃了医生职责。遗憾的是精神科这样的医生有许多。

放弃职责的医生们随意地开具处方，造成的结果是患者陷入处方药成瘾、过量服药。面对这种状况，医生反而将过错归咎于患者：

"后果是大量服用造成的"，"过量服药是患者性格的障碍导致的"。医生不反省，仍然继续给其他患者随意开具处方。

陷入处方药成瘾的患者无法放弃看医生，而这正中前面提到的无德医生的下怀。他们不理解患者的痛苦，也不明白不分昼夜处理过量服药患者的急诊医生的辛苦。

也有医生认为"要是说明药物的副作用，患者会感到害怕而不再吃药"。这种见解完全把患者当作愚蠢之人。现代医疗最基本的态度是医生和患者尽可能共享治疗的信息、共同面对疾病，而精神科缺乏这种态度的原因恐怕源自医生认为患者是愚蠢之人的傲慢心理。

恶性循环导致抗焦虑药物持续加码

长期服用苯二氮䓬类安眠药和抗焦虑药物，会造成药效减弱的"耐药性"。一旦减少药物，身体会产生不适（戒断反应），从而容易成瘾，这在冈本先生的案例中也已经介绍过了。形成药物依赖后变得离不开药物，因耐药性导致服药量一直增加，患者陷入如同烂醉的"脱抑制"状态，有可能引发意想不到的行为。

回顾田村先生药物成瘾程度加深的过程，可以看到处方药成瘾的患者身上共通的恶性循环。

"衣服口袋、背包里常常放着依替唑仑，每当产生焦虑便像吃点心似的服药。如此一来头脑得以放空，从而暂时性地忘掉压力。但总是处于迷糊的状态，工作上失误频发，反而压力增大，越来越陷入依赖药物的恶性循环。"这加快了服药量增长的态势。

2010年，田村先生为了获得更多药物开始到其他心理治疗内科诊所就诊。多的时候每隔两三周到4家诊所看病。他甚至到因肝功能问题经常就诊的内科诊所，以"肩膀僵硬"等为由不断地获取依替唑仑。确实，依替唑仑也有缓解肌肉紧张的作用，内科医生因患者头痛或肩膀僵硬等症状而开具处方的情况也十分突出。

"我在网上得知,就算不是真的肩膀僵硬,只要一说肩膀僵硬或者头痛,医生便立马开依替唑仑。于是我尝试了一下,真的很轻松地拿到了处方。虽然撒了谎,但那个时候我十分害怕药断了,迷失了自我。"

安眠药加量的同时开始偷窃成性

田村先生开始每天服用依替唑仑10—15粒。再加上阿普唑仑,以及近期新就诊的一家诊所的心理治疗内科医生开的安眠药三唑仑。混合服用3种药物让他产生了强烈的酩酊感,田村丧失了自我。醒着时他常感到心神不宁、心不在焉,还开始了奇特的偷窃行为。

最初偷窃发生于2011年1月一家位于仙台市的超级市场。他往购物车里装满盒装鸡蛋和卫生纸,推着车毫不掩饰地经过收银台前往停车场。中途他被保安拦住,并到治安岗亭接受调查。因为是初犯,他付了偷窃商品相应的价钱后回家了。

"为什么会做那种事?"田村先生深深地反省,但他还是无法理解自己的行为,全然没有考虑到这来自药物的影响。

接着发生了第二次犯罪,距离第一次仅仅过去3周。事件发生在日本铁路仙台站附近的一家药妆店。根据他模糊的记忆,因为自己的偷窃行为,他的妻子悲伤不已。他为了补偿她打算给她买点什么,于是走进店铺。他不确定在里面待了几分钟,经过收银台走出店铺时,发现自己两胁夹着一大堆化妆水和减肥药。他就这样走到了人声鼎沸的商店街拱廊,身后有人叫住他,是药妆店的店员追了上来。

这次不再只是去岗亭,他被送到派出所接受调查。"为什么只偷同样的东西?打算在网上贩卖吗?"面对警察的询问,他只能回答"我不知道"。他接受了简易判决,被罚款20万日元。

他明明深刻地反省了上一次偷窃的过错,为什么还能和什么都没发生一样重复同样的错误？他感到害怕。同妻子的关系恶化，工作上出的问题也多了起来。压力不断增大，他服药也更加频繁了。雪上加霜的是，又发生了让自己和他人都感到困惑的奇怪犯罪行为。

在弹珠游戏机店堂而皇之地顺手牵羊

2011年8月，田村先生出现在仙台市的一家弹珠游戏机店里。他过去只玩过寥寥数次弹珠游戏机和老虎机，但当天他同妻子吵架后吃下大量药物，等他回过神来已经身处老虎机前了。

以他当时的精神状态是不可能赢的，他花完了身上的钱从椅子站起身。他抓起放在右侧老虎机上的黑色手提包慢慢离开。而那是他右手边男士的财物。田村自己的包仍放在他使用的那台机器上。两个包的颜色、款式十分相近。

那个男人看到自己的手提包就在眼皮底下被拿走，首先感到奇怪，继而马上大声叫嚷起来。旁边的客人当场按住田村先生。脚下摇摇晃晃的他没有做任何反抗，因为被人抓住手臂和肩膀，他顺势向前倒下了。

派出所的调查耗时较长，田村先生告诉警方自己每天都必须吃药。但是警方指定的精神科诊所刚刚放盂兰盆节假期，他被告知"联系上医生前不能给你药物"。于是，他在无药可用的情况下在留置室里待了7天。

其间他的身体产生了强烈的戒断反应。头痛、盗汗、心悸、焦虑、烦躁、失眠……过去的11年不曾停用过精神类药物，所以这是他第一次经历这样的痛苦。身体痒得如同有无数的虫子在爬来爬去。

审讯结束返回留置室的途中，他在其他本该空无一人的留置室看到了年轻女子和婴儿。他问："为什么婴儿会在这里？"同行的警察听后相当吃惊。这对母子是田村先生的幻觉。

强烈的戒断反应症状也让警察对他的印象变得糟糕。田村先生在接受调查期间脸上、身体不断出汗，一副唯恐撒谎和隐瞒暴露的样子。因为思维能力下降，他想不出合适的话，经常闷声不语。

在审讯中他得知自己的包就放在老虎机上，即使他申辩"也许是两个包相似所以拿错了"，但因为他不自然的表现和过往违法行为的影响，警察认为他"没有任何反省，想要蒙混过关"。

这是他第三次违法，因此被从重处理。他被判决 1 年 6 个月有期徒刑，缓刑 3 年。他所在的公司得知他的违法行为后也将他开除了。

没有停止，第四次犯罪发生

态度良好的公司职员若因偶然的恶念跌落到这一地步，想必会洗心革面、从头再来。但是田村先生不同，他又实施了盗窃。并非出于偶然的恶念，他仿佛被某种隐秘的力量控制了一般。

2012 年 1 月，地点在仙台市郊区的大型商场，他两手拿着 5 件上面画着猫、狗、松鼠的红色、粉色儿童夹克（共计 1.5 万日元）离开。当值的保安抓住他，移交给警察。

警察在得知他没有孩子后，对他偷窃夹克感到十分奇怪。"这是给谁穿的？""难道你妻子有穿童装的爱好？"田村记不得犯罪时的情形，根本答不上来。

一年里实施了 4 次盗窃行为，这种情况相当异常。直到起诉之前，检察官都对此感到不解，于是请精神科对他进行简易鉴定。田村先生和妻子一起与医生谈话，之后分别再和同一名医生交谈了 3 小时。医生详细听了田村先生面对不同情况时的感受，以及服药的起因，还有服药后身心的变化与行为。

鉴定结果显示精神类药物有明显影响。"即便嫌疑人没有受到精神病障碍引发的症状的直接影响，其辨别是非善恶的能力以及根据辨别结果展开行动的能力的确受到了影响。"

根据以上结果，检察官建议田村先生接受专业的治疗。他在保释后马上前往11年来一直看病的精神科诊所，与医生商量治疗事宜。

主治医生上一次为他检查大约是一年前。这一年中，田村先生为了获得药物，频繁上医院，医生没有经过诊察便按照他的要求持续为他开具药物处方，一次开好几周的药量。

"主治医生说因为健康保险的手续还是什么，需要每年至少诊察一次。但除此之外可以不检查就直接给患者开具依替唑仑和阿普唑仑。10年里一直是这样的情况，我的处方药成瘾越来越严重，一两周就把一个月的药全吃完了。于是我频繁到医院开药，撒谎称'药丢了''要长期出差'。任谁见了都会认为我的举止奇怪吧。但当我跟医院接待说'我比较忙，只是来拿药'，没有接受诊察便拿到了药。"

不经诊察开具处方既违法也不负责任

《医生法》第20条规定禁止医生不经诊察开具处方："医生绝不能不亲自诊察便开展治疗、交与病患诊断书或处方笺。医生绝不能不亲历生育现场便出具出生证明或死产证明。医生绝不能不经亲自鉴定便出具鉴定书。"

慢性疾病患者在病情没有变化时，或许会因为时间匆忙而只想开药。听了患者的话便下意识地开具处方的医生确实存在。但即便出于善意，这在原则上也违反了《医生法》。

长期接诊的患者在情况实在不允许其前来诊察的时候，医生可能不得不将药物暂时交给其家属。这种为了患者考虑的灵活应对方式无可厚非，但依赖性强的精神类药物，其一次可开药量是受限制的（2016年开始依替唑仑被限制为一次处方最多开30天的药量），必须要指明这种长期不经诊察开具处方的行为很显然是违法的。

主治医生面对许久未见的田村先生时，对他的变化大为吃惊。除了 11 年前"焦虑障碍"的诊断之外，主治医生在病历中加上了"药物中毒（药物成瘾）"，并把他介绍到以治疗酒精依赖等依赖症见长的专门医院。对于自己的处方致使田村先生陷入药物成瘾之中，主治医生毫无歉意。

断药后停止盗窃但仍须服刑 3 年

田村先生住院时间达到 4 个月。具有依赖性的抗焦虑药物和安眠药不仅会让患者产生无法抑制的想要服药的精神依赖，停药后身体还会出现各种各样的戒断反应，导致身体上的依赖。一点点减少药量的减药法是基本方式，但有的医生认为："服用违法药物的情况下，即便身体出现依赖也需要一下完全断药。对服用处方药的情况采用相同的方式不存在问题。"因此，有的医疗机构会一次性停掉全部具有依赖性的药物。田村所在的住院医院采取的就是这种方式。

无法停止的出汗，身体痒得如同虫子在体内爬来爬去一般，手抖、失眠、心悸以及持续的焦虑感，身体停不下来的冲动，眼前异常的眩光……他再次体会了原因不明的身体不适所带来的痛苦，这与第三次偷窃后在留置室经历的相同。这个时候他才终于发觉"原因不会就是断药吧"。

他拼命忍受着痛苦，克服了戒断反应。最初的一个月仿佛身处地狱一般，不过他出院时完全停了精神类药物，脱离了整天酩酊的状态。这样一来盗窃癖也神奇地消失了。

但这并不意味着所犯罪行得到抵消。田村先生出院后接受庭审，法庭上法官讯问他犯罪动机，他为此相当烦恼。说出实情的话未必对判决有利。"编造一个偷窃的合理原因，这样说不定会更好。"但他没有选择撒谎，他跟法官表述的与之前接受调查时一样：

"我不知道。"

判决结果为有期徒刑 1 年 6 个月，与缓刑期间的犯罪合并判处 3 年有期徒刑。考虑到起诉前已经通过简易鉴定证明了药物的影响，这样看来判决还是相当严厉的。他不说明犯罪动机似乎导致法官对他的印象变得糟糕。

田村先生对于没有缓刑的判决十分意外，但他不因为说真话而后悔。

"反复偷盗的确发生了，此外，不想再加上撒谎了。"

监狱内竟也存在随意开具的处方

他在监狱里主要负责协助处理日常事务。在他认识的狱友中约 20 人曾有过安眠药、抗焦虑药成瘾的经历。这些人中有像田村先生那样实施盗窃的，也有服药后引发重大交通事故的。他们服刑后无法找之前的医生看诊，本该被迫停药，但多数处方药成瘾的服刑人员仍然能够继续服用具有依赖性的药物。

其中一人尝试过减药，但以失败告终。他对田村坦言："进了监狱后我想，这下能停药了吧？但见到监狱医务人员时，我说'对未来感到焦虑得不行'，于是他给我开了安定剂（抗焦虑药物）的处方。我又陷入无法离开药物的循环。"

田村先生所在的监狱每天早会让所有服用处方药的服刑人员站出来，在狱警眼前吃下药物。为了证明的确咽下去了，犯人需要张开嘴伸出舌头。其他犯人不知道他们吃的是什么，不过负责药物分发的犯人古株曾询问田村，田村先生告诉他"大多是依替唑仑等精神类药物"。

被药物控制的犯人本打算断药，在监狱中却能够轻松地拿到同样的药物。这样的监狱确实存在，这简直不是防止他们出狱后再犯，而是在促使他们走上犯罪道路。

防止再犯的改善要求没能起作用

收监田村先生的监狱每年会有一次意见征询的机会，犯人对于设施管理或个人待遇等有疑问的话，可以写申请书提交监狱以求改善。田村先生提交了申请书，希望改进轻易开具精神类药物处方的状况。当时申请书是这样写的：

> 关于医务开具处方药（主要是抗焦虑药物、睡眠导入剂）
> 对于精神状态失去平衡的犯人来说，让他们长期服用依赖性强的精神安定剂，同时几乎没有心理咨询，这种治疗方式可以说是不负责任的。
> 具体说来，我从多个犯人那听说，他们经常使用依替唑仑这种药物，他们在其他监狱同样如此。说起来，我自己也曾在11年间无法离开依替唑仑，导致药物中毒。
> 我的情况是遵从检察官的命令到精神病医院住院治疗，成功解毒并断药。和我同样的人中也有鉴定后住院解毒的，尽管如此，他们进入矫正机构后再次拿到了处方，导致离不开药物。他们为此十分苦恼。我认为应该在开药之前完整掌握患者的个人情况。事实上，负责医生也不清楚患者本人究竟处于什么样的状态。应该更加慎重地使用安定剂处方。
> 治疗有必要不仅限于药物疗法，同时也定期组织心理咨询和患者互助会。在监狱等矫正机构里仍然使用处方药，故态复萌。我无法接受这种做法和思路。这样做何止无法矫正行为，简直是犯人再犯的帮凶。

过了几天，田村先生在与狱警面谈时也提出了轻易拿到处方的问题。但狱警仅仅回答"这是医生开的药方"就过去了。结果是申请被驳回，没有任何变化。

田村先生说："犯人中有人说自己不吃药就不行，必须服用精神类药物。也许监狱乐于看到犯人服药后老老实实而不乱来。这实在是太过不负责任的处理方式。"

现在仍在继续的药物偏重医疗

田村先生在收监期间经常晚上睡不着，想到以后的事便感到焦虑。但他不曾将自己的苦恼与失眠状况告诉负责医务的狱警和医生。因为倘若说出来，他们就会给他开精神类药物的处方，那么他很可能无法抵御诱惑，最终再次服药。

"真希望有人能够听听我的烦恼。""我该怎样做才能改变自己？"田村身处无法接受切实心理咨询的环境里，他开始读一些自主调整的心理书籍。据他说，阅读《不感情化的书》（和田秀树著，新讲社出版）等书帮助他掌握了能够平静生活的窍门，对他改变自己产生了效果。

"直面困难时不要羞愧，只要尽力就好。但要是为了面子而无法做到，那就会轻易地依靠药物的力量；逐渐地，思维变成'只要吃了药就好'，最终会变得害怕没有药物，招致最坏的结果。"

丢掉身上过剩的骄傲与执着，面对自己的弱小。田村先生照做后变得更加坚强。出狱后他打了几份工，后来还在东日本大地震灾后重建的相关工作中获得重用。他恢复了自信，为了苦苦等待他的妻子，他不能萎靡不振下去。

但他现在仍旧会突然产生恐惧，害怕自己会再次偷窃犯罪。"虽然那是由于药物的影响，但会不会自己本就是一个偷东西不眨眼的恶棍？"

妻子曾数次目睹田村先生在服药量突增后做出古怪的举动。他去饭店时，会拿五条、十条店家备的纸手帕，或是抓起一把一次性筷子。当妻子责备他拿多了,他虽然把东西放回了原位,但并没有觉察出自己行为古怪。

因服药而处于酩酊状态,露着脸偷东西,这与狡猾小偷的所作所为有着天壤之别。2017年末我到仙台采访,把我的这个想法告诉田村先生,他听后笑着说:"可能仅仅因为我太贪心了吧。"

田村先生已经不再需要精神类药物。但导致他数次犯罪的罪魁祸首——药物偏重疗法仍在继续着。

以上介绍的3个案例,患者都在高度专业的医疗机构的帮助下成功断药。但仍然存在数不胜数的依赖处方药的患者,其中大多数仍处于痛苦之中,或是还没有发觉自己身体不适的原因,或是没有找到能够帮助他们减药、断药的医院。

第 3 章　滥用身体约束和患者之死

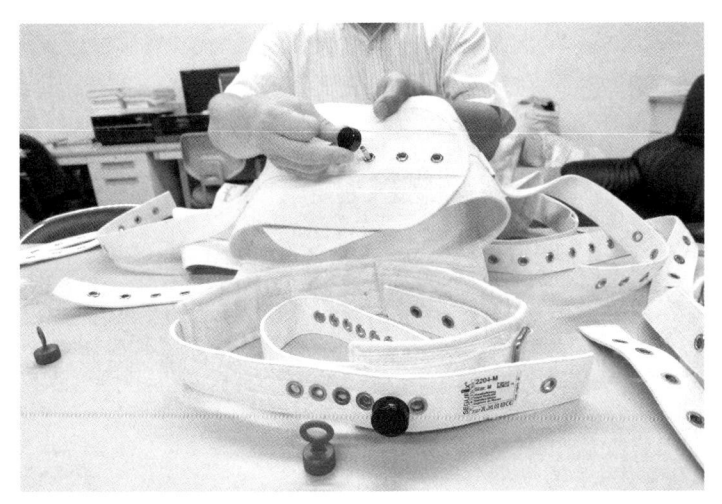

磁吸式约束用具。用磁石制作的按钮式部件，只要按上便能够固定，仅靠人力无法摘除。把解除用的专用钥匙靠近磁石就能轻松打开。

西本美香（化名）出生成长于东京的平民区，为人开朗外向，热心助人。她很有人情味，受到许多人的喜爱。

2016年2月4日，这一天她的人生突然落下帷幕，年仅54岁。死因是肺动脉血栓栓塞症（经济舱综合征）。病发前她正在精神科医院（以下称为O医院）接受身体约束"治疗"。

西本女士具有丰富的护理相关的工作经验，她曾在养老院工作，也曾上门协助老人洗澡。她在婚后忙于照顾孩子，同时积极参与当地的社会福祉活动。

2014年她受聘为东京都政府管理的公共住宅的生活协助员。她和家人生活在东京都都营住宅管理室的一间屋子里，她为居住在此的高龄老年人提供帮助。老年人房间有紧急通知装置，一旦启动就会马上通知管理室，她便马上赶过去，她曾数次救助洗澡时摔倒的老人。

紧急情况随时都可能发生，西本女士总要保持紧张状态，但她觉得与人密切接触的工作很有意义。合同是2年一续，本来没什么意外的话，她应该会一直干下去。但在2015年秋天，她遇到了意想不到的情况：一些住户向区政府投诉了她。

居住在公共住宅里的人想法各不相同。公共空间的清扫以及垃圾处理等事务由居住者轮流负责，但也有老人以体力不支为由不参加轮班值日的。他们的身体并非无法动弹，出门玩弹珠游戏机和购物时倒十分有精神。

西本女士十分有正义感，她不愿放任居住者任性而为，督促他们参加劳动。她当然是花上时间温和地劝说他们，但上任生活协助员面对这样的情况选择什么也不做，所以西本女士的这一举动也得罪了一部分居住者，于是他们向区政府投诉。

被逼无奈，无法继续从事自己喜爱的工作

区政府的回复是一纸合同终止通知，宣告西本女士遭到辞退。

她的一家必须限期搬离所住的房子。她不光失去了一份有意义的工作，当时她的独生子马上要考高中，她不想因为搬家造成居住环境急剧变化。西本女士去过区政府，也给负责人打过电话，想要澄清自己，但没人听她的。只因为西本女士针对了部分破坏公共住宅和谐的居民，她自己竟被当成了破坏和谐的元凶。

西本女士的丈夫回想那个时候的妻子时说：

"她一直在房间闭门不出，查资料、写材料直到深夜。她一直在想如何向区政府解释。事情发生之后她几乎不怎么能睡觉。我开导她重新开始，但她这个人责任感很强，不管什么事都会较真地思考。所以当她无法想通时，压力也越积越多……"

搬家后快要一个月时，2016年1月中旬，西本女士的行为出现异常。她的脸上不再有笑容，终日愁眉不展。到了晚上她要么唱歌，要么一直自言自语。"她会反复叫喊区政府工作人员的名字，然后开始如同谈判似的自言自语。"她的丈夫回想说。

她白天平静如常，到晚上就开始自言自语。事实上，她在2012年曾经有过类似的情况。导火索是妈妈们之间围绕孩子学校举办活动产生的矛盾。西本女士的性格不允许她漫不经心地对待问题，矛盾的出现伤害了她的内心，心里积攒下了压力。她逐渐地开始不事家务，自言自语。她总在听自己喜爱的J-POP歌曲，音量开得很高，甚至影响到了邻居。

担心她的家人带她到保健中心，接受精神科诊所的家访治疗。西本女士在前些年已经患上巴塞杜氏病，其表现之一即精神状态不佳。但诊所的大夫没经过验血，就诊断她有躁狂状态和抑郁状态反复的"双相情感障碍"。西本女士不认同这个结论，没有服用药物。

她开始对音乐组合米米俱乐部产生兴趣，过去她对此完全不感冒。一天深夜，她看完现场表演返回家中，一脸认真地对丈夫说：

"我要和石井龙也[1]结婚，你和我离婚吧。"不止那晚，接下来的几天她一直重复着，她的丈夫吃惊不小，于是从精神科诊所拿到介绍信，带妻子到精神科医院就诊（并非她死亡的O医院）。

"多嘴"遭到电击

那时她被诊断为严重的躁狂状态，住院了约一个月。从第一天开始，她就被施以身体约束，持续10天。其间接受了3次电击休克疗法。电击疗法是从患者头部接入电流，人为引发抽搐。

电击治疗的对象是有自杀危机的重症抑郁症患者，以及药物治疗无法改善症状的重症躁狂症患者。虽然有患者快速好转的案例，但因为作用机制不明确，非常容易导致记忆障碍等副作用（多数记忆障碍是暂时性的，但也有部分记忆无法恢复的情况）。实施疗法时需要对患者进行全身麻醉，这也存在风险，所以使用这种疗法的情况十分有限。

这家医院的医生和护士认为西本女士"多嘴多舌，但不易怒""语调平稳""对语言反应正常""可以理解院方的解释，能够配合治疗"，尽管如此，依然继续对她实施身体约束以及电击疗法。

西本女士的母亲同意了电击疗法，她证实说："医生告诉我们导入电流可以缩短住院时间，糊里糊涂之下我就同意了。医生完全没有对副作用作出说明。"西本女士的妹妹后悔地说："她没有到需要电击治疗的地步。医院为了赚钱、积累病例，哄着妈妈同意采用电击治疗。我们发现精神治疗有问题是在姐姐死后详细调查了治疗细节，在那之前没有产生任何疑问。我们太无知了，听任O医院的医生摆布。"

直到接受第一次电击治疗前，西本女士的状态还处于"语调稳

---

[1] 米米俱乐部的成员之一。

定，爱说话""多少有些多言多语"的状态，但接下来这次住院，她被当作重症精神疾病患者接受治疗。出院后西本女士拒绝到门诊继续就诊，不难想象她在住院期间遭受了什么样的对待。对于真正罹患双相情感障碍的患者，听任自己的想法停止治疗是大忌，但西本女士压根不接受这种诊断结果。她相信，在学校与其他孩子的母亲发生矛盾而产生的压力，假以时日便会减轻消除，即使不吃药，自言自语的症状也会好转，能恢复到原本稳定的状态。

危险的断定："精神症状等于脑部疾病"

西本女士2011年被诊断患有巴塞杜氏病，到综合医院接受服药治疗。该病的病因是甲状腺激素分泌过剩，主要病征是心动过快及眼球突出等，同时还表现出焦躁、抑郁、好说等精神症状，因此有将巴塞杜氏病患者错误诊断为精神病患者的案例。

不到半年时间，手抖等令西本女士担心的症状减轻，她就不再去医院了。症状仍未到表面上"消失"的程度。据她妹妹说，"她本身讨厌药物，所以也不想吃药了"。

2012年，她在精神科医院入院时验血发现甲状腺激素水平偏离正常值，但那家医院的医生眼里似乎只有精神疾病。在她去世的2016年，O医院进行的血液检查中，她的甲状腺激素的数值是正常的。但有可能是更年期引起的身体变化或无法在检查数值上表现出来的身体不适，引发了慢性失眠等抗压能力减弱和脑部功能部分紊乱，出现自言自语、多嘴等表现。精神症状的原因多种多样，精神科的检查是有限的，也有其无法解释的身体不适。

精神疾病本来指的就是并非由身体的原因（或尚不清楚的身体原因）造成的精神混乱。因此，应该将精神疾病与引发精神症状的所有身体疾病进行区别后再做诊断。比如巴塞杜氏病引发的精神症状不属于精神（脑部）疾病，而是身体疾病，所以治疗方式完全不同。再比如有患者被诊断患有抑郁症，一直服用抗郁药物也未见好转，但通过改善饮食以及确保睡眠时间却逐渐恢复。这种情况下，患者的病因不是脑部病变，而是营养不良以及睡眠不足导致脑部功能下降。切忌轻易下结论"精神症状等于脑部疾病"，首先检查患者是否存在身体上的不适和疾病，这一步不可或缺。

家人与医生对症状明显不一致的解释

2016年西本女士再次发病，她丈夫没意识到问题的严重性。那时他还没有对精神医疗产生不信任，因为在2012年有过类似的经历，所以他认为"早些住院接受治疗，很快就能好"。西本女士自言自语的情况十分频繁，但语调还算平稳，也没有进入兴奋状态。之前的精神科医院床位满了，于是她到了O医院住院。

1月21日白天，西本女士的丈夫握着妻子的手说："很快会回来的，出发去医院了。"西本女士点点头。父母担心女儿，与西本夫妇一同乘坐出租汽车前往O医院。这天快到中午了，她还没吃饭，所以在等候室开始吃母亲买来的饭团。很快轮到她看医生了，她拿着饭团来到主治医师面前坐下继续吃。

精神状态健康的中年女性不会在看医生时还继续吃饭团。西本女士一边吃一边还自言自语。她的精神状态的确不正常，但陪同她诊察的丈夫肯定地说："她既没有发狂，也没有过度兴奋，没有不稳定、多动的情况。那段时间她也能好好睡觉，并非晚上不睡仍要动来动去。她当时并没有处于躁狂状态。"

可是医生在病历上记录如下："患者在丈夫的陪同下自主来院。体格处于良好状态。无法遵守礼节，一直用熟络的语调单方面地说话。诊察期间突然大叫起来。慢慢能够理解其说话的内容。患者出现观念偏离正常、亢奋、多嘴、多动、躁狂状态，需要住院治疗。但患者本人因缺乏疾病认识而拒绝住院。因此，在得到她丈夫的同意下对她进行医疗保护性住院。"

家人与医生虽然同时在西本女士身边，但对其病症的理解存在着明显的差异。精神科没有客观的检查方法，这一致命弱点给事情的发展带来了阴影。

靠"第一印象"诊断十分危险

医生接触西本女士时认为她处于亢奋状态，但她的丈夫和父母明确否定，他们这样说：

"她在诊疗室等地自言自语过，但没有暴怒，甚至和平常相比算说得少的，表现得很平静。在看病前的几天里，她有几次自言自语的过程中声音突然大了起来。但那也并不是心情亢奋控制不住，她没有一直大声说话。"家人十分担心西本女士的状态，因而不存在要把症状往轻里说的心理，但他们仍然很难接受她处于重度躁狂状态的诊断。

西本女士诊察期间极力控制着自言自语的情况，但仍有瞬间提高了声音。家人们根据以往经验认为这是精神不适造成了语言抑扬顿挫的变化，他们不认为这是她无法抑制情感而发作。但医生认为这是亢奋状态导致的。可以想象一种情况，一个人听到不熟悉的语言时可能因对方太大声而暴怒，但在说话者听起来可能不过是在正常说话。这是认知的不同造成的。

初次见面的医生甚至没有测量西本女士的脉搏、血压，医生记录在病历上的症状，只不过是对于西本女士的"第一印象"。解释权在医生手上。各位应该明白了精神科诊断是多么危险。正因为如此，优秀的精神科医生不会轻易下结论，也不会不懂装懂，他们更加重视每一名患者个体的处境，而不是关心诊断结果。西本女士看的医生属于哪一类呢？

西本女士在诊察期间继续吃饭团，的确有违礼仪，举动异常，与平常的状态完全不同。但是她正在吃当天的第一顿饭，中途叫号轮到她了。知道这些情况的家人和不知道的医生之间,看法出现了巨大的差异。

尚不清楚医生为什么判断西本女士"多动",她一直吃饭团的举动很可能是判断因素之一。最终,医生的诊断结果为重症双相情感障碍。西本女士与家人分别,被转入隔离室。医生对她实施身体约束,使用镇静药物给她打点滴。医生记录采取身体约束的原因是"多动不稳定",追加记录了"呈现精神运动兴奋,无法保持平静"。

拼命抵抗被解释为"多嘴""不稳定"

西本女士受到的身体约束持续了8天。开始时间是1月21日下午2时,当天护士记录的"身体管理流程表"上显示"根据指示开始约束躯干、双臂",下午3时记录有"患者嘴里重复'你们啊,是"伊斯兰国"(恐怖组织IS)。你们啊,去死吧'。一边哭一边不断重复。多语、言行混乱,处于不稳定状态"。

只看这些文字的话,似乎感觉西本女士真的患有严重的精神疾病,但请各位读者试着设身处地地想象一下处于那种情况下本能出现的感觉和情感。试想,为了治疗而住院后突然双手和身体被绑住,对此又该如何反应。大吵大闹是理所当然的,男人会暴怒,女人会哭喊。当然了,要是我的话,也会拼命反抗,一边狂怒叫嚷:"你们是恐怖组织啊!要是你们自己被绑上的话会怎么想?!"

多言、言行混乱、不稳定,不管哪种状态都是突然被绑起来后出现的本能反应。继续绑下去,人的内心会变得绝望,不再抵抗。这些医护人员将遭到身体约束的患者视为草芥,把拼命反抗定性为"不稳定",而把绝望导致的情感丧失视为"改善"。我看不稳定至极的反倒是他们才对。

无须赘言,日本禁止违背本人意愿的身体约束,因为这显然剥夺了宪法赋予的人身自由权利。但也有例外,精神医疗领域中,在拥有精神保健指定医师资格的精神科医生所判定的"非常情况下"，可以对患者实施身体约束。但《精神保健福祉法》第 37 条第 1 项规定，只有当患者处于以下 3 种状态时，可对其实施身体约束："有明确且紧迫的自杀企图以及自伤行为"，"显著多动以及处于不稳定状态"，"患者有精神障碍，放任不管的话可能危及生命"。但像上文所写的，不同的人对"不稳定"有着不同的判断，所以精神保健指定医师要是将不稳定与多动、紧迫的自伤他害等扩大解释范围的话，便能够随意地实施身体约束。

拒绝家属探望并继续捆绑患者

身体约束导致患者精神症状进一步恶化，长期下去其身体功能也会衰弱。不光身体无法动弹，患者甚至会被强制穿上排尿、排便用的纸尿裤、导尿管，失去人的尊严。什么程度的病症才必须被迫接受这样的身体约束？

西本女士的丈夫说："我的妻子没有自伤或他害的可能，我完全无法理解为什么要把她绑起来。虽然我被告知根据患者身体状况可能会采取约束的方式，但她的状况比较稳定，我不认为她需要被绑起来。医院禁止家属探望，甚至也不解释具体的治疗过程。当时我们根本都不知道她被绑起来了。"

直到西本女士去世前，身体约束一直持续了 8 天。查看身体管理流程表，21 日晚上，其状态是"身体扭动、自言自语，但没有大喊大叫。没有不稳定的迹象"；22 日之后也能看到"没有不稳定迹象""没有扭动身体，安静地卧床""对呼唤反应稳定"等记录，与 2012 年她在其他医院接受身体约束时的记录相似。O 医院的医生和护士虽然判断她"没有身体动作""稳定""安静"，但仍然对她继续实施身体约束。24 日下午 3 时 30 分，西本女士说"我担心孩子备考"，但医院仍然拒绝家属探望。

这 8 天里，西本女士得到解放的时间只有从 25 日晚上开始每次吃饭和上厕所的时候。吃饭、上厕所结束后，她马上又被绑起来。1 月 26 日晚饭后，记录显示：

"再次约束，患者没有拒绝，相当顺利。"

医院将不拒绝身体约束、既不兴奋也没有反抗的人又绑起来。这种身体约束究竟是为了什么？

28 日下午 1 时，她的丈夫到访医院，要求探望妻子，但接待他的工作人员说："她虽然比较平静，但仍在自言自语。探望等下周看。"拒绝了他。同一时段身体管理流程表上记录有"脸上有笑容"。我不认为她此时处于无法与家人会面的状态。

同一天下午 2 时 30 分，西本女士在两名工作人员的陪同下淋浴。这是她住院以来第一次沐浴。下午 3 时，主治医生终于决定解除身体约束，只采取隔离，观察其状况。

下午 3 时 10 分，淋浴完毕的西本女士回到隔离室。不久，房间内传来巨大的响声，工作人员赶到后，发现西本女士仰面倒在床上，无法测出血压，她进入了心肺停止状态。医生采取抢救措施，心跳恢复又停止，恢复又停止。决定将她送往急救室是在下午 4 时多。救护车将西本女士送到大学医院，她没有恢复意识，进入脑死亡状态。

主治医生声称"堵住了啊"

2 月 1 日，西本女士的生命烛火就要熄灭。她的丈夫和妹妹等 5 名家人来到 O 医院，向主治医生讨个说法。主治医生笑眯眯的，别提道歉了，也不问候，轻佻地说：

"堵住了啊。"

"这种情况经常出现，我们医院之前发生过。"

"堵住了"指的是血栓。一直卧床、身体处于不活跃的状态下容易产生血栓，主要发生在腿部静脉。身体剧烈动作时大的血栓会剥离，随着血流在血管内移动，经过心脏到达连接肺部的肺动脉，造成堵塞。这样会引发呼吸困难和胸痛等症状，最坏的结果会导致死亡。

身体约束下无法动弹，当然会增加产生血栓的风险。所以当不得不实施身体约束时，除了定期检查血液中 D-二聚体浓度，以确认是否存在血栓，还需要采取补充足够的水分、给患者腿部穿上弹力长筒袜等彻底的预防措施。但主治医生并没有给西本女士穿弹力长筒袜。家属要求其解释都采取了哪些预防措施，主治医生在备忘录上写了"不绑住腿部（可以活动），D-二聚体测定。只需要采取以上两种预防措施"。已经有很多医生指出即使不绑住腿部，只要固定了身体，血液循环便会变差，从而容易产生血栓。但西本女士的主治医生似乎认为只要不绑住腿部就不会产生血栓。

患者意外死亡却仍不展开调查的精神科医院

西本女士事件在律师担任仲裁的医疗 ADR（诉讼外纷争解决手续）寻求和解，但没能解决，2018 年进入了民事诉讼程序。

这一案件包含着许多与其他身体约束引发的死亡案例共通的问题。首先是精神科医院不诚实的处理方式。患者突然死亡，精神科医院却不开展事故调查，这已成为常态。O 医院也是如此。

2015 年 10 月施行的医疗事故调查制度规定，当医疗机构发生医疗导致的突然死亡、胎儿死亡时，该医疗机构必须向日本医疗安全调查机构（医疗事故调查支援中心）报告。医疗机构应成立包括外部委员在内的调查委员会，调查导致死亡的全过程并撰写报告，递交给上述调查机构，防止再次发生相似事件。

但这项制度有一个重大的缺陷。医疗机构判断"死亡并非出于医疗原因"的话，那就不需要报告和调查。西本女士的家属多次要求 O 医院展开事故调查，但都被一句"不属于医疗原因"给堵回去了。家人找到调查机构商量，机构将家属强烈要求调查的想法传达给O医院，但没有强制性，所以O医院并未采取实际行动。

身体约束有极大风险产生血栓，对患者采取这种措施后，患者出现了肺动脉血栓栓塞症，为什么医院不经过调查便可以断言"不属于医疗原因"呢？通过庭审应该可以得知O医院的观点，但按照目前为止的说法，医院应该会主张"西本女士在住院前已经有血栓了"。

解剖结果显示，西本女士的左右肺动脉存在"器质化血栓"。器质化血栓指的是形成时间相对较长的血栓，不是刚形成时状态柔软的血栓。但下结论说"堵住血管的血栓是住院前形成的"未免为时尚早。从失去意识被送往大学医院到死亡的大约一周，医护人员给西本女士用了大量溶解血栓的药物，因而极有可能把新形成的血栓溶解没了，只留下较早形成的血栓。

西本女士到O医院住院时检测了D-二聚体，检验结果为1μg/ml，差不多处于正常水平。可以推断出当时下肢静脉还没有形成最终引发问题的血栓。一周后，她因昏迷被送到大学医院时，数值急剧上升为292μg/ml。根据指标异常变化可以很自然地推断出，腿部静脉在身体约束过程中形成大量血栓，解除约束和沐浴加快了血液流通，血栓跟随血液循环进入肺动脉造成栓塞。但断言"不属于医疗原因"的O医院有依据吗？

一直拒绝家属探望

很难理解O医院为何一直拒绝家属探望。从医疗层面的意义和保护人权的观点来看，国家认为原则上可以自由探望患者，哪怕精神科医院也不例外。可是"出于医疗或保护的目的，有权基于合理的原因采取合理的方法，防止出现病情恶化、妨碍治疗等情况"（根据《精神保健福祉法》第37条第1项厚生劳动大臣确定的基准）。例如，因家庭纠纷导致的精神病症，可以暂时以治疗为理由拒绝家属探望。

但是西本女士的家庭关系在其症状表现出来之前和之后都没有任何不和谐，没有理由拒绝家属探望。而且她的丈夫签署了医疗保护性住院的同意书（无法取得本人同意的情况下可以取得家属的同意后采取强制住院）。假如医生认为西本女士和她丈夫之间存在严重问题，那么让她丈夫作为强制住院同意人的做法就十分奇怪了。就像在拙作《精神医疗的黑暗面》里提过的，曾经发生过家人动坏心思将没有生病的人强制送院治疗的事件。

拒绝探视的医生等医院相关人士可能是这样考虑的：①家属会看到身体约束，②家属会投诉，③无法继续实施身体约束，④接待家属使工作变得繁琐。家人时隔一周终于能够见到西本女士，此时她已经处于脑死亡状态。

不仅O医院，精神科医院阻碍家属探视的处理方式并不罕见。这些医院中存在部分机构，并不详细解释无法探视的理由，在此期间对患者实施身体约束或是投用大量药物。每当家属打电话询问正在住院的患者情况时，医院工作人员总是回复说"正在顺利的恢复过程中"，可事实上患者被绑了起来、大量服用药物，离恢复尚有十万八千里，这样的例子不在少数。许多患者家属有类似的痛苦经历。

医院应该向患者及家属耐心地解释诊疗方式以及康复路径，在此基础上推进治疗，应该逐一将恢复进展和恢复程度告知患者及家属。这样开放的处理方式才是现代医疗的大前提。治疗中不仅不公开恢复进程，甚至随意拒绝家属探视，精神科的这种黑箱操作已经配不上医者仁心了。

"就该实施身体约束"

就像西本女士的案例，很多精神科医院不分情况，治疗一开始便先对患者采取身体约束，如同在居酒屋先点上一杯啤酒一样自然。

精神科医院"就该实施身体约束"的现象近年愈发显著。

2016年4月8日，我在《读卖新闻》上撰写了一则独家报道：《身体约束人数十年两倍，一天一万人》。每年6月30日是厚生劳动省普查的日期，仅在这一天，精神科医院里有超过1万人正处于身体约束的状态，是十年前的两倍。这项数字还不包括看护设施以及普通病房里发生的毫无法理依据而随意采取的身体约束。这则报道给多方面带去冲击，2017年夏季，厚生劳动省组成研究组，展开正式调查（这次调查本应在2017年年中形成报告，但迫于日本精神科医院协会等方面的压力，到2018年秋正在执笔本书时调查仍处于停滞状态）。本书的第10章会介绍一家精神科医院的先进做法，其目标是"0身体约束"。

国外精神科医院也采取身体约束的办法，但持续时间一般为数小时，最长也不过数日。曾任意大利博洛尼亚精神保健局局长，同时也是一名精神科医生的伊冯・多内加尼这样说：

"意大利也有采用身体约束的医院，但针对的是服用违法药物而处于亢奋状态等急性期的患者，是不得已而采取的措施。持续投用适宜的药物并观察其状态，同时工作人员频繁与患者交谈，基本几个小时后就会解除了。"

"患者因不安而陷入混乱，把这样的患者绑起来的话，不安陡增，会点燃他们的怒火。持续性的约束导致情感脆弱，会让病情越发恶化。身体约束并非治疗手段，所以必须尽早解除。"

为何近来身体约束陡增？

相较之下日本可以说是使用身体约束的大国，动辄把患者绑起来，持续数周到数月，长的达到一年以上。为什么日本会如此频繁地使用身体约束，而且近年这样的情况更是愈演愈烈？护士等医疗人员的不足是更容易采取约束的原因之一，但精神科医院人手不足并不是从现在才开始的，很难认为这是近年身体约束陡增的最主要因素。虽然也有人认为是受到认知障碍患者增加的影响，但根据厚生劳动省的患者调查，2005年到精神科住院的认知障碍患者数（阿尔茨海默病、脑血管性认知障碍等）为52100人，而2014年这个数据为53000人，几乎持平。

究竟为何身体约束大为增加了呢？可以推测，一是医疗现场不得不把患者绑起来的情况增加，再是约束工具的普及。

如今这个时代，患有认知障碍等的高龄患者在医院内来回走动，假如摔倒受伤，医院将被家属严厉追究管理责任，而且容易遭到社会的严肃批判。与患者的康复、最大限度地尊重身体自由相较，以"患者安全"之名将患者绑缚起来，维护"医院安全"变得更为重要，这种但求无过的消极主义蔓延开来。医疗人员害怕矛盾、诉讼，为了明哲保身采取了本该是最终手段的身体约束。"为了患者的医疗"不再存在了。

把患者关进隔离室，甚至以"患者发狂不能让其受伤"的名义采取身体约束，是典型的自保手段。即便有良心的医生和护士站在患者角度考虑，想要不采用约束措施推进治疗，上级和医院的医疗安全管理委员会也会出手干预。这样一来，越来越多的患者被绑了起来。

打着"为患者着想"的名义滥用最新式的约束用具

磁吸式约束用具可以轻松地将人绑起来，工具的普及也是身体约束情况增加的一大原因。用约束带（保护皮带）捆绑手臂、腿部、身体时，靠磁力就能够固定，不需要使劲绑。用具一旦固定，靠人力无法摘除，但把专用钥匙（另一种磁铁）靠近用具便马上能够解开，这减轻了工作量。

千叶县精神医疗中心（千叶县美滨区）是日本第一家能够实施

精神科急救的医疗机构，1985年伴随其开设，日本国内最先引入了一种国外发明的约束用具。这是由第一任中心主任计见一雄（日本精神急救学会首任理事长）在中心成立之际，到美国考察使用状况后决定引入的。

计见先生回忆说："当时日本还在使用柔道用的绑带约束患者，患者根本无法翻身。这种情况下，引入了一种名为SEGUFIX的磁吸式约束用具，使用起来可以轻松地调整固定强度，患者也能翻身。对于发作剧烈而不得不采取绑缚的患者，这种用具也能够最大程度地减轻其身体负担，我们是出于这样的想法才引入SEGUFIX的。"

自那之后，其他制造商也研发出价格低廉的磁吸式约束用具，开始在日本国内普及。和计见先生的想法一样，大多数医院考虑到减轻患者负担，决定采用。但另一方面，"能够简单地固定患者身体"这一点对于医疗人员而言十分便利，再加上医疗现场忙碌不堪，医生和护士不免越来越倾向于轻易地借助磁吸式约束用具。

医疗人员想为剥夺他人身体自由的非人道主义行为正名。在这种欲望的驱使下，他们将不属于医疗行为的身体约束定位为治疗的一环，开始滥用"为患者着想"的说法。他们声称为了尽早康复，身体约束不可或缺，这种想法在精神急救现场变得光明正大，其结果是认为"就该实施身体约束"而且毫无愧疚地采取约束的医院越来越多。

计见先生对现状感到忧虑："身体约束不是治疗。精神科医生首要的工作是倾听患者的声音，在患者发作、无法安静的情况下才不得不采取身体约束。这应该是在极其有限的情况下使用的，目的是好好聆听患者的话。绑起来后，医生要靠近患者，听他说话，患者冷静下来后必须立即解除约束。但现实情况是医生懈怠于理解患者，只是把患者约束起来，然后就弃之不顾。这种倾向愈演愈烈，身体约束成了让医疗人员轻松的手段。"

从事德国制SEGUFIX产品进口销售的松吉医疗器材有限公司

的网络主页上写有如下说明：

"产品研发的契机是一位罹患重度肺炎的 2 岁男孩。为了让孩子在住院病床上更加安全，他的父亲研发了保护用皮带。我们传承孩子父亲的爱子之心，研发出以患者为第一位的产品，受到世界各地的广泛好评。"这位父亲的爱子之心在日本真的得到传承了吗？

顺便提一句，SEGUFIX 全身用套装定价是 65000 日元到 79000 日元（不含税，2018 年 10 月售价）。将住家治疗的患者随意绑起来的做法明显涉嫌犯罪，所以普通人无法购买。

与身体约束有关的死亡案例不断出现

本章以西本女士的案例为主要内容，就身体约束问题开展分析。同样的悲剧在日本各地反复上演。凯里·萨维奇也是其中的一例，他拥有新西兰和美国的双重国籍，在鹿儿岛县志布市的小学担任英语教师（外语指导助手）。2017 年 5 月，他在位于神奈川县的一家精神科医院遭受 11 天身体约束后进入心肺停止状态，送往急救后死亡，年仅 27 岁。这则新闻在国外被广泛报道，日本的精神医疗在国际上遭到批判，矛头指向长期住院和过度用药等方面。这真是丢人丢到家了。

凯里有双相障碍的病史。他的病情本来不影响工作，教师工作生活十分顺利，但当时因为中断用药等影响，他的情况有所变化。前往位于神奈川县的哥哥家玩时，他在房间内脱掉衣服，大声叫嚷。他没有对哥哥使用暴力，到精神科医院就诊时已经平静下来，但他根据医生的指示躺到病床上后，他的躯体、胳膊、腿部立刻被绑了起来。

凯里死去之后，医院甚至连拿出病历都不情不愿，只允许阅览。2017 年 7 月 19 日，他的母亲、新西兰维多利亚大学地震学教授玛莎·萨维奇在厚生劳动省等处召开记者发布会，在日本国内形成巨大舆论影响，医院终于提供了病历副本。死因疑似肺动脉血栓栓塞症，但通过解剖未发现血栓。就如西本女士的遭遇那样，血栓有可能在采取急救时溶解了。死者家属要求展开医疗事故调查，但医院给出"死因与我院采取的医疗行为无关"的说法拒绝调查，因而无法采取行动查明死因。

玛莎说："凯里十分喜欢日本。这里自然资源丰富，人们友好，文化也独具魅力。我也十分喜欢。但是我决不能容忍日本的精神治疗还像中世纪那样随便把人绑起来。"玛莎女士等遗属与杏林大学保健学部的长谷川利夫教授一道，创立了"反思精神科医疗身体约束会"，给患者和遗属提供帮助。

凯里·萨维奇（中）和父母的合影。他在神奈川县的一家精神科医院遭受身体约束后病情突变，最终死亡。

凯里深受孩子们欢迎，是一名好老师。他曾设想未来返回新西兰的大学学习医学和心理学，为日本和新西兰做出更多的贡献。两国都失去了一枚未来可能闪闪发光的金子。

西本女士是一位为孩子着想的母亲。为了让孩子在感兴趣的领域发挥才能，她曾经坚持接送孩子到很远的地方补习。她的儿子遭受突然而来的悲痛打击，仍然考上了高中，但他心中的丧失感无法估量。"我还是离不开妈妈的。"父亲听到孩子不经意间吐露的心声，应该也感到无比痛心。

西本女士和凯里为什么会不幸离世？要是没有受到身体约束，他们说不定都还健在。尽管住院患者及其家属遭遇如此不幸，精神科医院却丝毫没有一点查明原因的诚意。他们没有资格介入关乎人命的工作。

第 4 章　强制住院使健康人也沦为牺牲品

埼玉县一名遭受家暴的女性在自家二楼，向警察指认自己被按倒在地、不能动弹的地方。

强制住院明显侵犯了宪法所保障的人身自由的权利，住院必须经过家属同意，还有一种是经过都道府县知事或政令指定都市市长[①]的行政权限批准的处置住院。拙作《精神医疗的黑暗面》一书中介绍过，曾发生因医生的单方面认定或家人的坏心思而让没有生病的人接受医疗保护性住院的事件。类似的问题也发生在需要更加严密手续的处置住院上。

埼玉家暴受害女性遭处置住院

妻子遭到丈夫严重的家庭暴力，忍受着痛苦和恐惧，多次报警求助。这名妻子竟然是"精神错乱"？

答案不用说，当然是否定的。错乱的应该是丈夫才对，受到人身威胁的妻子当然应该毫不犹豫地求助。

但在处置住院的情形下，警察、保健所、精神科医生（精神保健指定医师）面对这位女士的拼命求助没有进行足够的调查，而是想当然地给她贴上"精神错乱者"的标签，采取了严重侵犯人权的不恰当处置住院和身体约束等措施。让我们来看看这起发生在埼玉县的极其严重的案例。

事情发生在 2015 年 3 月 15 日晚上，地点是埼玉县的一个住宅区，有很多在东京上班、上学的人生活在这里。当时 49 岁的川岛友子（化名）被同龄的丈夫抓住头发拖着走。这不是她头一次遭到家庭暴力。她 32 岁结婚，成为一名家庭主妇。很快大儿子出生，几年后她开始遭到身体上的暴力。

起因是要二孩一直没能成功，夫妻二人关系出现裂痕。丈夫通过了极难的国家资格考试，谋取了一份不错的工作，或许是由于反

[①] 都、道、府、县为日本的一级行政区，知事为其首长；政令指定都市原则上隶属都道府县管辖，但享有较高的自治权，是人口在 50 万人以上、经济地位重要的大型城市。

作用,他回到家便埋头玩电视游戏机,直到深夜——这不是"放松"层面的玩,而是到了"沉迷"的程度。妻子为治疗不孕不育在诊所看病,他却只关心游戏。

这样的状态下,某一天川岛女士终于忍受不了,对着总是面向液晶屏幕的丈夫的后背抱怨起来。丈夫突然发怒大叫并逼向她,抓住她的头发。家暴自此开始了。

那之后,她遭到殴打、脚踹、推倒、脚踩、拖拽等数不清的暴力。她曾因头部被击打造成眼底出血、左耳听觉失常。她不止一两次到公共部门的咨询窗口寻求解决问题的办法,但一想到"要是说了真相,丈夫被抓起来的话,那孩子的人生就完了",总是难以启齿。

3月15日这天丈夫休息,白天带着孩子出去玩了。但因为年末工作繁忙,丈夫内心十分烦躁,他把孩子寄放在附近的父母家后就返回了自己家。他当天喝了酒,酒精的影响也是部分原因,川岛无心的话语让他再次爆发,他抓住妻子的头发将她拽来拽去。

"为了孩子""他其实本性不坏""只要我再忍忍"……川岛女士这样想着,拼命忍受着暴力。但忍耐总是有限度的。

反转的110报警

川岛拿起二楼起居室旁的固定电话,想要暂时制止丈夫的暴力,她威胁说"我要报警了",按下了110。可此时她心理十分复杂,她并不想丈夫被警察逮捕,因此没有把话筒放到耳边,便要将电话挂断。

就在这时,丈夫想要抢夺话筒,他抓住川岛的右手手腕向上拧。川岛大喊"放开我!放开我!",丈夫用另外一只手把电话线拔断。

埼玉县警方的《110报警电话受理指令处理记录》上显示,当时的这通电话内容为"二三十岁的声音,大声地喊救救我、救救我,没有听到其他人的声音"。

川岛女士对这份记录感到疑惑:"我本打算马上挂断电话,所以我什么都没说。完全不知道是谁在呼救。"

丈夫回忆说:"我妻子的确什么也没说就要放回话筒。那时我拧住了她的手腕,她喊着'放开我',可能由于话筒距离比较远,听起来像是'救救我'。"

夫妇二人的行为与这份警察的记录明显不一致,后来事态变得更加严重,此处或许已是初现端倪。

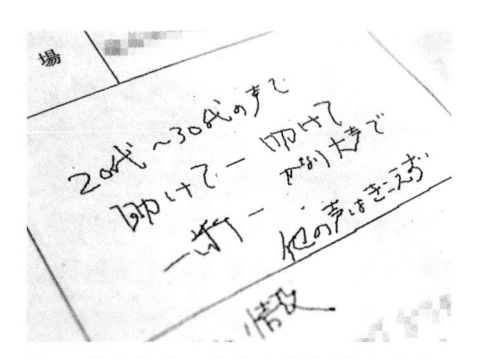

埼玉县警方的《110报警电话受理指令处理记录》上记载的报警记录。川岛女士明明喊的是"放开我",却变成了"救救我"。推定的年龄也明显有误。

丈夫的不安和自保心理产生了"自杀企图"的虚假说法

事实上 15 日当天早上,川岛也报过警。她遭到丈夫相当严重的暴力威胁。穿着制服的警察到达时,她已经心力交瘁、无法动弹,门铃响了也无法前去开门。丈夫代替她开门,对警察解释说:"夫妻间吵架,经常发生,我妻子打了电话。"警察没有见到川岛女士便走了。

15日晚上，正当他们吵架之时，门铃响了。"你看，真的来了！"丈夫愤怒地叫着。门铃一直响，玄关门外的警察多次大声呼唤川岛女士。

丈夫知道不能一直无视下去，焦躁地打开二楼起居室的门来到阳台，靠着栏杆探出身子，对着下面的数名警察喊道：

"我妻子说她想死！"

为什么要撒谎呢？她的丈夫这样解释：

"那天我和她吵闹时，她向着阳台方向逃去。那时我心里掠过一丝不安，'要是门开着，她可能会从阳台摔下去'。而且从前她为了向我表示她的不易，会把家里的多种内服药摆出来，做出服了药的样子，她还曾经把大量药物的空包装放在桌上。我心里感到不安，'说不定哪天她就会自杀'。"

"我心里产生这些不安也是由于我的暴力太过头了，我的妻子从没有尝试过自杀。而且当时一闪念，我想如果说妻子要自杀，我的家暴行为可能就不会败露了。我实在是欠考虑，做出这么过分的事来。"

丈夫下到一楼打开房子大门，敦促警察快点上去。几名警察和他一起急匆匆地上了楼，奔向二楼的起居室。此时的男人们脸上表情十分严肃，川岛女士感到一种压迫感，让她联想到遭受家庭暴力的恐惧。她反射性地朝起居室里面靠阳台的方向后退。阳台门之前被丈夫打开了，所以丈夫和警察都误认为她可能要从阳台上跳下去，他们都十分焦急，上前将川岛女士拉住，没有让她走到阳台。

这同时也是警察对其实施"保护"的时刻。此刻对于川岛女士来说第一阶段开始了，她将被贴上"精神错乱者"的标签，面临处置住院。她还没明白怎么回事就被要求前往警局，她说"还穿着家居服，想要换一身衣服"，这个要求也遭到了无视。她身上没有力气，被两名警察一左一右架住送上警车。目的地是警察局上锁的保护屋。

可疑的警察记录

负责处置的警察在保护卡片上记录了当时（15 日晚上 7 时 53 分）给川岛女士提供保护的理由：

"按响房子的对讲机时，听到一名女性大喊'救救我，我想死'，所以赶到房子的二楼，发现家人正按住想要从阳台跳下去的被保护人。鉴于其大叫'想死'并且想要摆脱家人，故判定放置不管会威胁其自身的生命安全，因此按照精神错乱采取保护措施。"

我们能看出，这与川岛女士及其丈夫的证言存在着相当大的差距。

根据丈夫的证言，警察来的时候从阳台探出身体喊"（妻子说她）想死"的应该是丈夫本人，警察听到的如果不是男性在大声叫喊那就奇怪了。其间川岛女士明明没有大喊大叫，可为什么记录里变成了女性的叫喊声？而且有人会在喊"救救我"的同时，大喊"我想死"吗？这实在是一份十分奇怪的记录。

那时，和川岛女士在家的只有她丈夫。他因为要打开房屋大门所以下到一楼，与警察一同走楼梯上来。可是保护卡片上记录的是"赶到房子的二楼，发现家人正按住想要从阳台跳下去的被保护人"。这里家人究竟是谁呢？

按照这份记录试着还原当时的情况：警察在房屋门前听到川岛女士（不知是自杀还是求救）的呼喊，匆忙间打开玄关大门赶到二楼，看到川岛女士的丈夫拼命按住她的身体。川岛家的大门此前明明一直是锁着的，为何偏巧此时打开了呢？

要是他们夫妻的证言是准确的话，那么赶赴现场的警察应该出现了幻听、幻视等精神症状了。还是说，他们后来发现实施保护的依据——川岛女士的自杀企图——其实并没有相应的现场证据，而仅出自她丈夫的证言，为了营造出保护行为的正当性和紧迫性，对事实进行了改编或夸张呢？要是真的如此，这实在是极其恶劣的篡改行为。

完全如同罪犯的对待

川岛女士被贴上"精神错乱者"的标签，同时被关进了狭小的保护室，人造榻榻米上只铺着棉被。直到第二天早晨，她一直没有进食。她回忆说："里面漆黑一片，呼唤也没有人回应。我不知道究竟是怎么回事，内心十分不安。"

期间，警察把保护下一名"精神错乱者"的消息传达给了保健所。关于警察向保健所报告一事，《精神保健福祉法》第23条是这么规定的：

"警察在履行职务时，根据出现的异常举动以及其他周边情况判断，发现因精神障碍可能会危及自身或伤害他人者，应立即通过最近的保健所所长通报给都道府县知事。"

也就是说，当警察保护下"精神错乱者"时，有义务立即通报保健所。将"精神错乱者"移交给保健所后，警察便完成了职责。警察有时也会陪同"精神错乱者"到医院，但是否需要实施处置住院是由保健所介绍的精神保健指定医师决定的事项。

虽说是这样，但被保护人处于能够对话的状态却不询问其详细情况，直到移交保健所前一直关在隔离房间内，这样做对吗？"真的需要采取保护措施吗？"警察内部也不曾探讨这个问题，就把处理的接力棒交给了保健所。

而且，假设患者处于无法忍受的痛苦之中、多次企图自杀的话，一直身处留置所、长期被关在一成不变的封闭空间内，这对患者也只有百害而无一利。

警察劝说丈夫："处置住院是免费的"

　　警察最终没有详细询问川岛女士的情况。深夜的警察局内，他们再次听丈夫讲了他为自保且自以为是地编造的虚构故事，对此警方只做了记录。此时丈夫从警察口中得知了处置住院的可能性，他第一次知道存在这种制度。警察说："要是能处置住院，不需要费用。"口气上似乎在劝说其采取处置住院似的。

　　处置住院的费用大部分可以通过公费报销，这减轻了患者本人以及家庭的负担。但明明没有涉及严重的犯罪行为，仅凭"可能自伤或伤害他人"就通过公权力将人与社会隔离，这对当事人的损害是难以估量的。那名警察可能是为川岛女士的家人着想才说了"免费"的事，但比起这，首先应该考虑的难道不是被保护人川岛女士吗？

　　警察花了大约 30 分钟听取丈夫的叙述，接下来保健所的男性职员出现在丈夫面前，询问了他家庭构成和川岛女士的就诊经历。丈夫无心说出她曾接受心理咨询。此后，这个"就诊经历"被当作"病历"处理，成了强制住院的依据。后续会再说明。

　　男职员听完丈夫说的，告诉他"我也去问一下夫人"，然后走出了房间。丈夫记不清男职员多久后回来的，但他说："我当时还想可真快啊，大概 10 到 15 分钟。"回来后男职员对他说："她没怎么说话。"

　　川岛女士记得这名男职员进入保护室的情况。但是她还没意识到自己被当成"精神错乱者"，已经进入了处置住院的流程，所以比起自己，她首先更担心她的孩子。她不断重复说"请叫我丈夫来"。但那时她的请求没得到同意，丈夫于深夜返回家中。

　　她记得男职员问她和丈夫关系如何，她说"我总是很害怕他"。男职员没进一步详细询问情况。

保健所也流水线式地办理手续

3月16日早上，保健所的一名女性课长来到警局。上午10时30分，她见到了川岛女士。前一晚的男职员似乎是来打探情况的，此时才是正式的会面。

对于判断是否需要对当事人实施处置住院，保健所的会面也是一个重要的时间点。处置住院是在知事的权限下批准实施的将患者强制送入精神科病房的非常之举，所以即便警察实施了保护措施，但如果保健所判定不需要的话，也可以中止手续。

可是这家埼玉的保健所只是冷漠地继续办理手续。据称女课长在与川岛女士的会面中主要询问了"昨晚怎么样？""为什么说想死？"等话题。川岛女士肯定地说："我没有说话的时间，她只是告知我为了处置住院需要到医院接受检查，说明十分简短而且是单方面的，一会儿就结束了。"

保健所已经提前准备好了一辆旅行轿车，载上川岛女士和两名警察出发。时间正好是上午11时。恐怕这是按照事先已经定好的日程表进行的吧。从会面时听取川岛女士的情况，说明移送医院等情况的法律解释，到做好出发准备坐上旅行轿车，这前后只花费30分钟。他们根本就没打算仔细聆听川岛女士的话。

保健所为何而存在？

女课长等人在决定对川岛女士实施处置住院的材料《处置住院应对报告》的"与对象人的会面情况"一栏中，如此记录与川岛女士直接对话的内容：

●想从丈夫身边逃走，被丈夫按倒。不知道该如何是好的情况下一边叫喊"救救我"一边拨打了110报警。
- 平常（丈夫）在身边就感到可怕，所以想要逃离。
- 昨晚身子探出2楼阳台，说"想死"是为了逃脱。

川岛女士针对第一点和第二点说："我拨打110的时候没有喊'救救我'，我也没有跟保健所这么说过。这是保健所把从警察那里听到的信息当成是我说的记录下来的。被丈夫按住，以及我感到害怕总想逃离，我记得这些话那晚跟男职员说过。"

针对第三点，川岛女士否认道："完全是一派胡言。"她说，"我没说过'想死'之类的话，也没有去阳台，不可能说这些。"

后来保健所在川岛女士的要求下回应此事："我们从警察和家属那里掌握了整体情况。"这是顾左右而言他。他们原本应该记录与川岛女士本人谈话的内容，却将其随意更换成警察的记录和丈夫的说法。

但保健所至少从川岛女士那里得知她"感到（丈夫）可怕，所以想要逃离"。那么，难道不应该进一步了解她为什么这么想吗？这样一来，就会发现问题并不出在川岛女士身上，而是她丈夫有问题。

可是保健所和警察一样始终充满偏见，将川岛女士视为"精神错乱者"，没有好好地直接了解她的情况。既然是家庭暴力受害者，理所当然会产生"想要（从加害者身边）逃离"的冲动，保健所连这些情况都没有掌握，就为了方便将其解释为疾病引起的异常冲动，一步步地办理严重侵犯人权的手续。

保健所此后对川岛女士解释说："因为有警察的通报，所以诊疗结果是精神不安定比较好，因而推进了手续。"这家保健所难不成仅仅是毫无专业知识，头脑空空如同流水线一般的中介业者？"因为警察实施了保护，所以就按部就班地办事，这样做才不会出差错。"如此做法可以看出他们严重不负责任的本质。

仅仅询问"有过幻听、妄想吗"的初次诊察

3月16日上午11时，川岛女士乘坐的保健所旅行轿车从警局出发，来到初次接受诊察的医院（以下称A医院）。川岛女士两侧各有一名警察陪同。

为了防止出现严重侵害人权的情况，实施处置住院必须由两名精神保健指定医师进行诊察，两人同时判断"需要处置"才可以。人们愿意相信，这样的诊察肯定会花很多时间慎重进行，但根据A医院的女医生对川岛女士初次诊疗的《关于处置住院的诊断书》，诊察时间于上午11时50分开始，下午12时5分结束，仅仅15分钟。接着川岛女士到B医院就诊，第二名女医生的诊察时间更短，下午1时35分到45分，总共10分钟。

关于初次诊察的情形，川岛女士证实："其实也没有15分钟。只是问了我'有过幻听、妄想吗'。问这样的问题想必是怀疑我有精神疾病，所以我回答说'没有'，在此之上加了一句'我没有精神分裂'。然后医生说'我知道了'，诊察到此结束。"

女医生改变态度说"处置住院是对的"

川岛女士的丈夫驾驶自己的车来到A医院，在初次诊察后他的确听到了女医生跟陪同前来的警察说"这种状况不需要处置住院"。处置住院需要两名精神保健指定医师判定"需要处置"，所以如果初次诊察的医生判断不需要处置的话，程序便到此为止。患者需要住院治疗的话，或者经过患者本人同意自主住院，或者得到家属同意办理医疗保护性住院。

如果判断"不需要处置"的理由是诊察对象没有精神疾患，那么警察和保健所职员应该离开，让川岛女士重获自由。但女医生为

什么在"需要处置"上盖了印章？医生通过观察明明认为不需要处置住院，但考虑到万一川岛女士自杀，自己也要负责，于是采取了更稳妥的做法吧。医生无法想象不必要的处置住院会让眼前这名女性遭受多大痛苦，只是考虑自保。

川岛女士和丈夫去 A 医院询问这名女医生为什么判断"需要处置"。我听了当时的录音，夫妇俩控制住自己的情绪，尽可能平静地询问。可这名女医生突然加重了语气干脆地说：

"这是我决定的。（需要处置的判断）和我说的一样。要是有什么不满请联系保健所。对你来说（处置住院）是一段相当不好受的经历，但这也是不得已而为之。所以你才没有死，现在能够好好地站在这里，我认为你接受住院治疗是对的。"

不诚实的精神科医生被逼无奈改变态度，开始操弄拙劣的诡辩术。强制没有自杀意愿的人住院，嘴上仿佛说着"你没死都是我的功劳"，这种说法到底来自什么样的精神构造，请医生自己进行研究写一篇论文。

二次诊察的问诊只有观察

下午 12 时 10 分，旅行轿车向二次诊察的 B 医院开去。那时川岛女士产生了严重的贫血症状。她本来就有贫血倾向，在警局的保护室和 A 医院期间没有进食，前一天白天开始她就什么也没吃，这也难怪。由于异常的压力影响，她还产生了一定过度呼吸的状况。

到达 B 医院前的一小时车程，她多次提出"我感到不舒服，请让我躺一下"。但身边架住她的两名警察不为所动，只说"稍等一下"。川岛女士最终向前倒在旅行轿车上。

到达了 B 医院，川岛女士的贫血症状仍没有好转。她伏在诊察室的桌子上，此时女医生进来了。川岛女士请求"请让我休息一下"，女医生回答"没问题"。但是旁边的警察说"等会儿，等会儿",催促医生进行检查。他们是想早点回去吧。

仿佛是响应"等会儿,等会儿"的催促,女医生仅仅观察了川岛女士难受的样子后便结束了诊察,结论是"需要处置"。她似乎看出了警察内心的想法,却没能看懂川岛女士心中所想。

川岛女士的贫血症状被随意地解释成因精神疾病引发的恐慌状态,于是她留在B医院接受处置住院。诊断病名是抑郁症,医院告诉她丈夫,她需要住院6个月。这时丈夫才意识到自己犯的错误有多严重。

川岛女士被带到四人间,她一躺下,身体和双臂马上就被捆绑起来了。她的主治医生,也就是那名女医生,在固定格式的材料上加盖印章,给川岛女士出示了《身体约束的通知》,上面写着"因为你在普通病房或隔离病房接受治疗会妨碍自己或其他患者的疗养,因此采取身体约束的方式"。这理由真是草率。同一间房内的其他3人也全部被绑着。

两次报警是生病的证明?

这里我们再确认一下B医院的女医生是基于什么样的考虑决定实施处置住院的。川岛女士出院后,要求医院提供病历但不顺利,所以夫妻二人前后见了女医生两次。女医生针对两次报警一事的说法有些奇怪。

> 医生:客观地看,110报警打过两次吧。
> 川岛:因为吵架。
> 医生:两次未免太……
> 丈夫:这样的行为的确可能并不寻常,但从结果来看并不是患有严重精神疾病,不需要处置住院吧。
> 医生:可是那天川岛女士处于恐慌状态,我认为不能让她

就那样回家。之后的两三天，她在医院里的状态确实和现在的状态不一样吧。那时她意识不清，还是有问题的，而且几乎无法对话。

丈夫：我没有亲眼看到你说的情况。但刚开始就绑住她，这也有影响吧。

川岛：你还是不相信我当时身体不舒服。被绑住了我也无法放松，因为不舒服，仰卧真的相当难熬。我想放松点，却没有获得允许。你们还是无法理解，我想说的是在那种情况下真的不舒服。

医生：川岛女士，您有您的想法，但医院也有医院的规矩。更不用说还要考虑警察的想法，110 报警电话是用于紧急情况的，像你那样报警的话，警察总归有自身的想法，认为必须得处置住院。可以理解吧。

丈夫：说那是精神疾病，我真无法理解。一点都不明白。

医生：是吗？

女医生似乎认为，多次报警的人不用问缘由，就是精神病患者。别说岛川女士的丈夫了，我也感到难以接受，各位读者怎么看呢？

接受心理咨询被当成"病史"

这名女医生对川岛女士诊疗经历的解释也很奇怪。川岛女士遭受家庭暴力之后，和丈夫一同前往附近的一家精神科诊所接受过数次心理咨询。他们并不是因为自己患有精神疾病，而是为了修复夫妻关系不定期地前往，这些心理咨询更像是为解决烦恼而进行的谈心。丈夫在保健所被问到诊疗经历的时候，无意间说了此事。而这被当作精神疾病的"前科"，成为决定"需要处置"诊断的根据。

医生：看了前后的经过，你从 2009 年开始到 S 医院就诊，是吧？

川岛：那有点不对。

医生：从专业角度看，与其多次到不同医院就诊，不如想清楚后住院接受治疗为好。说来说去，这样对以后也好。

川岛：但把那些说是就诊有点过了。

医生：这不是没有去普通医院吗？

川岛：我总是让孩子他爸陪我一起去 S 医院，不是一个人。解决夫妻关系问题去精神科是一件奇怪的事吗？

医生：那倒没有。

川岛：我真没想到这会被联系起来，只是接受了心理咨询。那儿的女医生很认真地听我讲话，因此夫妻关系才没有进一步恶化。可这些变成了所谓的就诊经历，我现在感到去那里看医生实在让人不寒而栗。

医生：但那到底是一个事实，是一个线索啊。

川岛：把这种事一点点累积起来，真叫人害怕。

医生：可因此接受了处置住院，对此完全不用羞愧。

川岛女士当然不会有任何羞愧。反倒是那位女医生，难道不为自己的判断而感到羞愧吗？竟说出这样的话。

医生：处置住院的话，真的有各种各样的人，其中有精神疾病重症患者，也有像川岛女士这样在与人沟通方面存在误解的人。

因为"与人沟通方面存在误解"而需要处置住院，这究竟是怎么回事？精神保健指定医师需要具备优秀的诊断能力和高度的人权意识，这项工作如果一步走错就会造成严重的侵害人权，可这名医生竟然毫不掩饰地说这些话撇清自己。近年来，以圣玛丽安娜医科大学的事件①为开端，不断暴露出不正当取得精神保健指定医师资格的问题，这个国家精神科医生的道德和人权意识的低下程度让人愕然。

穿上纸尿裤，上厕所遭窥视

川岛女士在四人间里遭受身体约束，还被穿上了纸尿裤。她提出"想上厕所"，暂时解除了约束，但厕所的门大开着，护士一直看着。

"太难熬了。"但川岛女士想到"要是抵抗就麻烦了，那样更会被当作病人看待"，于是忍受着屈辱的对待。

贫血症状好转后，她开始看丈夫带过来的杂志和书。因为双臂遭到约束，所以只能单手拿书，用同一只手翻页。同一个房间的其他3个病床周围都拉着围帘，看不到人，但会听到奇怪的声音，有人反复说着"没有脸孔吧"等怪话。室友似乎患有很严重的精神疾病。但后来几天解除约束了，与室友见面聊天后，川岛女士发现她们在不发作时大多能够正常对话。

不断重复说"没有脸孔吧"的女人，据说是生育后出现抑郁症状，因此开始看精神科的。治疗只管给她开药，情况不断恶化。川岛女士说："这里的很多人与其说是患有严重的精神疾病，不如说是由于大量的药物和约束、监禁造成了精神上的不正常。"

住院后的第三天，川岛女士白天不再被约束了，到第四天，她的约束完全解除。院方到底还是不能把一名不发作只安静读书的女性长期绑起来吧。房间也更换了。3月底，川岛女士的丈夫反省了自身，不该把妻子逼入如此悲惨的境地，向医院申请出院，女医生

---

① 详见第七章。

轻松地同意了。但是因为强制住院是通过知事权限审批的，所以解除处置手续需要时间，住院到 4 月 13 日结束，总共 29 天。

川岛女士接受处置住院时的病名，根据病历上的记录是"抑郁"，但到出院时变成了"适应障碍"。

要是用 29 天的住院完全治愈了一名随时可能自杀的重度抑郁患者，那称得上是相当高明的名医。当然了，前提是患者真的患有抑郁症。

川岛女士说起住院期间的治疗："我希望接受心理咨询但没有获准，只是吃药。身体约束解除后，我装作把药吃了，实际上把药片藏在舌头下面，到厕所冲掉了。"

出院后，医院建议她看门诊，她当然没有去。这次明显不当的处置住院给川岛女士的内心带来了严重的伤痛，也让夫妻间产生了无法修复的隔阂，他们现在处于分居状态。另外，处置住院记录留在公共机构中无法消除，29 天的住院费用由公费支出。

强制住院带来伤害，出院后社会的不理解也带来伤害

川岛女士在处置住院前并没有患精神疾病。但是出院后的一段时间，她内心自责的想法越来越强，"难不成是因为我做错了，才被要求住院的"，她想过一死了之。"那样的话又要被关起来了"，心里突然掠过不安，失眠症状仍在继续。

她到现在还害怕封闭空间，睡眠也无法保证充足。即便如此，她想到，去看精神科的话又会留下"就诊经历"，被认为"果然生病了"，成为将处置住院正当化的材料，因而不敢看病。

出院后一段时间，她对不当处置住院所持有的疑问和愤怒与日俱增。她希望得到理解，于是给人权保护委员打了电话。对方说"医生没有误诊"，她没能得到像样的回应。她深深地感到，即便跟强制她住院的人讲述自己的不满，也会被当作"被害妄想"，无法得到理解。

她跑遍了参与处置住院的警察局、保健所、医院，但得到的回应是"保护措施是必须的""因为警察要求协助所以才办理了手续""要是有所不满，请找保健所"等等，没有人承认自己是判断出错。

她想到，著名的精神科医生说不定会理解这个问题，于是在名医演讲会结束后叫住医生，努力讲述自己的经历。但没有人认真听她的讲述。努力过后，她听到周围人小声嘀咕："那个人，果然有问题。"精神医疗的被害者长期受到充满不理解和偏见的二次伤害。

让我们不要冷血地认为他们是"奇怪的人"，认为他们"无法理解"就弃之不顾。试着转变角度，换位思考。如果你和川岛女士遭受了同样的经历，你会怎么做？哪怕内心承受着伤害与不安，遭到周围人不负责任和不理解的孤立，仍然拼命地诉说"请理解我""请承认是判断出错"——你一样也会这样做的吧。

川岛女士说："我遭受处置住院，不是因为明确的恶意，而是由很小的偏见与误解的积累导致的。我出院后仍然苦恼于如何面对这些偏见和误解。我不希望再有任何人遭受同样的痛苦。我希望精神医疗相关的每一个人都能抱持着'为他人着想'的信念，整个社会的所有人都能真心地帮助处于痛苦中的人。"

处置出院的申请数为一年7106人（2015年度）。平均住院时间虽然有所减少，但人数仍有增长的迹象。得到家人同意或通过1名精神保健指定医师判定便可以强制住院的医疗保护性住院申请数达到一年180875人（2016年度）。

第 5 章　隔离和过度用药的结局
——自闭症患者串山一郎突然死亡

住院前充满生气的串山一郎。(2013 年 5 月 4 日,和护工一同前往广岛县廿日市市的妹背瀑布)

住院 3 个月的串山一郎。父母探望遭拒,其间一郎先生明显衰弱,完全变了一个人。(2014 年 1 月 22 日医院内)

这一章的主人公名叫串山一郎。他在一家由国立医疗机构管理的广岛县精神科医院住院4个月，其间接受隔离和大量投药治疗，出院当月突然死亡，年仅38岁。为了传达出一郎先生生命之重，本章使用真名讲述，同时也公开其照片。

一郎先生患有严重的自闭症，同时还有智力障碍，是一名多重障碍患者。2016年7月，相模原市的智力障碍者福利机构"津久井山百合园"发生了一起杀人事件，被告人植松圣杀害19名福利机构的患者。网上有不少人支持凶手扭曲的观点，认为"这些患者没有活着的价值，应该让他们安乐死"。在他们看来，一郎先生也许同样属于这一类。

一郎先生的人生真的没有意义吗？只是受惠于社会而无法作出贡献，他的人生真的如此悲哀吗？

一郎先生给认识的人带来更多的是正面影响，对于家人也好，朋友熟人也好，都是不可或缺的。还有人因为认识了一郎，在他的影响下决定了未来的发展路径，现在正活跃在教育、福利工作的第一线。对于他们来说，一郎既是亲密的朋友，同时也是师长。正因为有了一郎，才有他们的今天。

记忆力超群但语言功能发育迟缓

1975年5月1日，一郎出生在广岛市。他的父亲阳三先生和母亲美奈子女士都是教师。1到2岁的时候他表现出超群的记忆力，马上就能记住日历上的各国国旗并对得上国名。但他总是一个人玩，并不积极地与同年龄段的孩子一起玩。他的语言功能发育也相对迟缓，虽然能够说出单词和短语，但无法进行简单的对话。3岁时，广岛市的儿童综合咨询中心判断他为"全面发育迟缓"，他开始去儿童养护设施育成园。1980年广岛市儿童疗育中心诊断他为"重度精神迟滞，自闭症"。

自闭症（低功能自闭症）特征主要有"在与人关系、社会性上存在障碍""兴趣单一或行动刻板化""言语发育迟缓"，被定义为具有智力障碍的先天性发育障碍。自闭症原因不明，但应该与脑部功能部分出现障碍有关。

近年开始将阿斯伯格综合征看作自闭症和一系列发育障碍。阿斯伯格综合征的患者没有语言发展问题和智力障碍，对感兴趣的领域知识极为丰富。但他们不善于理解他人情感，与人关系容易出问题。国际上通常使用的是美国精神病学会的诊断标准 DSM‑5，将自闭症和阿斯伯格综合征统称为"自闭谱系障碍（或自闭症谱系障碍）"（包括无法判定的广泛性发育障碍等）。

自闭症没有特效药。但患者通过在婴幼儿较早时期接受适当疗育，能够克服多重智力障碍、提高学习能力，也有案例通过疗育后能够接受适龄教育。工作人员仔细分析患者不擅长的行为，一边表扬一边通过"应用行为分析"帮助其克服障碍，这种疗育方法受到了关注。虽然有点偏离主题，但为了有效理解一郎先生的案例，我们先简单回顾取得成果的疗育法。

因最先进的疗育法得救的小女孩

我还在读卖新闻社时见过一名埼玉县小学二年级的小女孩，她是因应用行为分析为主的疗育法而得救的患者之一。小女孩和我初次见面时，高兴地向我讲述她喜欢的书和漫画，是一个非常普通的可爱女孩。但过去的她无法说出有意义的话语，存在相当严重的沟通问题。

她不理会母亲的呼唤，比起人更对物品感兴趣，不与人视线交流，缺乏表情变化。2 岁时，埼玉县的医院诊断她患有智力障碍的自闭症。父母被告知"今后孩子的语言发育将会相当困难"，这是一个沉重的消息。此后，主治医生只是定期评估小女孩的发育阶段，其他什么也不做。随着近年发育障碍的病患增长，很多医生虽然挂出"发育障碍门诊"的招牌，但除了诊断和过程观察以外什么都不做（什么也无法做）。

"这孩子什么都懂。只是脑部负责说话的功能发育迟缓吧。但要是继续放着不管的话就真的无法说话了。"母亲有了危机感，她购买市面上的教材作参考，在家里尝试了应用行为分析的训练。她让女儿反复重复模仿"万岁""再见"等动作，重复根据听到的指令将积木放进盘子等动作，并开始发声练习。半年左右过去，小女孩能说出一点具有意义的话语了，她会拿着自己画的画给母亲看，同时看着母亲的眼睛说："这个漂亮吧。"她寻求他人共鸣的行为增多，表情也开始丰富起来。

但是语言的增加引发了新的问题。她开始不管对方，只自顾自地说个不停，并且会重复同样的话，还会突然开始说和当时情景无关的话。虽然她的父母习惯了应对这种情况，亲子间能够互相传达意思，但除父母外没有人能够跟上她的节奏，她与同年龄段的孩子当然也无法对话。

小女孩的母亲感觉到单靠自己掌握的疗育方法已经到了上限，于是带着快 3 岁的孩子拜访了疗育经验丰富的儿科大夫。医生通过数次门诊发现小女孩语言能力无法发展的原因：她无法理解靠耳朵听取的语言，这个特点使得她无法马上对话语产生反应，导致对话变成单方面的输出或是驴唇不对马嘴。

但是她理解视觉呈现的语言的能力十分优秀。因此儿科医生建议她读书、写信，同时使用市面上面向幼儿的学习教材，使小女孩发挥出本来就具有的能力。自闭症的孩子多有身体平衡发育迟缓的问题，小女孩也是，所以医生让她上蹦床课提高运动能力。

通过以上综合的疗育手段，小女孩在幼儿园阶段年龄较大的时候，能够和固定的朋友好好相处了。她能够完全理解朋友并非出于恶意的玩笑，偶尔也会吵架。到了小学阶段，她能够跟上正常学年班级，施展出了读书培养出的词汇能力和思考能力，成绩也得到了飞跃式提高。

疗育并不能完全消除自闭症的症状。小女孩进入人际关系复杂化的青春期仍需要不间断的支持，但儿科医生认为"她能够通过学到的方法处理好人际关系"。

在父母的关爱下成长

一郎先生小时候，应用行为分析这样的疗育方法尚未出现。假如在成长迅速的儿童时期有现代的最前沿疗育法，一郎先生的人生也许会变得十分不同。有一点可以确定，因部分脑功能不全导致无法说出有意义话语的孩子，他们被贴上自闭症、智力障碍的标签，但其实他们具备丰富的情感和学习能力，完全有成长发展的可能性。他们绝对不是"活死人"。

如同上文介绍的小女孩一样，一郎先生也有单方面说话的倾向，因此初次见面的人无法明白他在说什么。但是他对于感兴趣事物会拼命钻研。

他上了幼儿园后还无法很好地骑儿童三轮车。他每天坐在车座上，靠着脚蹬地面前进。到了上坡就推车往上走，到了下坡就把脚抬高向下冲。美奈子心想，他不靠脚力也能骑，便购买了车轮更大的三轮车，他不断练习，上小学时连自行车也会骑了。

一郎先生小学上的是特别照看班级，早上和邻居的小朋友一起上学，朋友也经常到家里来玩，他自然地习惯了与同龄人的交流。上中学时，他能与学校的所有人好好相处，快乐地度过了中学时光。但也是这个时候，他被诊断出癫痫，开始服用抗癫痫药物，从此开始了服药的经历。高中他上的是辅读学校的高中部，毕业后每天到自家附近的社会福利工作室工作。

父亲阳三先生十分疼爱独生子一郎，周末总是陪伴他。儿子成年后，父子俩也经常到各地旅行。一郎先生会因环境急剧变化而感到身体不适，所以很难在外留宿，但他们也会去四国、九州等地旅行，只不过当天往返。若是一般人，早就到了离开父母的年龄，阳三先生想到这些，内心五味杂陈，但也高兴拥有与孩子相处的宝贵时光。一郎在旅行的目的地看到美丽的风景十分开心，品尝到美食也会欢天喜地。他累了就抱怨，不高兴了就恼怒。阳三先生十分喜爱一郎毫不矫饰的情感表达。

母亲美奈子女士在广岛市安田女子高中教音乐，还担任音乐部的顾问，指导学生多次获得全日本合唱大赛奖项。一郎先生在母亲的影响下爱上了古典音乐，家人经常一起去听音乐会。他在会场里能够安静地享受音乐，但是当母亲登台表演时则无法抑制心中的兴奋。安田女子高中会定期举办演奏会，母亲美奈子女士担任合唱指挥登台，每次一郎一眼就能找到她，大喊着"妈妈"。场内紧张的气氛得以缓解，化为一阵笑声。一郎虽然常令人感到不放心，但他有一颗赤诚之心，美奈子女士十分喜爱。

向一郎学习的广岛大学的学生们

广岛大学的本科生和研究生经常出入一郎先生家。原因之一是美奈子女士是大学的前辈，另外，一郎家长期接待学习障碍儿童教育的学生研修。学生们通过与一郎的长时间相处，消除了对自闭症患者群体的误解和偏见。

池田显吾也是受益于一郎先生的一人，他现在担任福冈市的障碍人士基础咨询支援中心主任。几乎每周六，他都要拜访一郎先生家，坚持了 4 年。一郎先生比他小一点，相识时还是一名高中生。二人相处得像兄弟一样，一起外出吃饭、买东西，打乒乓球或保龄球。为了看一郎喜欢的公交车，他们多次到附近的停车库去。一郎喜欢摇晃行驶的交通工具，于是池田拜托熟人用四驱车载上一郎先生兜风，他们还曾有过越野的体验。池田无法忘记一郎坐在激烈地上下摇晃的车上高兴的样子。

池田开始学习障碍儿童教育的时候，认为自闭症患者"与人沟通困难"。但是一郎能够正常说话，表露自己的情感。

"一郎能够流畅地讲广岛话，实在令我大为惊叹。他是广岛人，这是理所当然的，但一郎完全打破了我原本自认为的自闭症印象。"池田笑着说。

池田先生在结识一郎后认识到，对待自闭症人群的态度不能建立在无知的先入为主之上。他意识到只要接触方式得当，他们便会有所回应，以此加深彼此关系。池田先生由此找到了教育的起点，选择了继续关心自闭症人群的道路。

"除了我以外，还有很多学生从一郎身上学到了很多。其中有的人成了大学教授，还有人在一郎的帮助下发展了音乐疗法。"

岁月平淡地过去。一郎先生继续到社会福利工作室工作。阳三先生和美奈子女士继续存钱，在一郎20岁时建了一栋三层的房子。房子对于三口之家太大了，他们的计划是将来把这里改造为能够让一郎和同伴、工作人员一起居住的集体住宅，此外还能有一定的房租收入。这样做是为了能让一郎在父母过世后还能安心地居住在习惯而熟悉的家里。

夫妻二人的人生并不是为了一郎先生而操劳。应该说，为了最爱的一郎先生而努力对他们来说是一种快乐，一郎先生是他们活力的源泉。

福冈的福利机构提供充足的短期居住条件

一郎先生家的未来规划看上去进展顺利，但2010年，随着阳三先生身体每况愈下，情况也急转直下。每天早上在家附近散步一小时左右，这在很长一段时间里是父子俩的日课，但现在也无法继续了。

美奈子女士患甲状腺疾病，容易感到疲劳。在这样的情况下，她仍然尽心尽力地陪护阳三先生并照料一郎先生。因为身心的疲劳不断积累，接连引发面部神经麻痹和动眼神经麻痹，她的右眼睑总是下垂。眼科医生听了美奈子女士的家庭情况后，忠告她："继续这样下去的话，症状会更加恶化，说不定眼睛都无法睁开。一直靠你一个人照料丈夫和儿子，你自己的身体可能会先垮掉。"

自闭症人群极其讨厌打乱既有的节奏。不能散步后一郎先生变得焦躁，早上大喊着"快点"，还会脱掉衣服光着身子。正巧这个时候，一郎喜爱的家猫不见了，他变得越来越无法平静。2012年，美奈子女士开始寻找一郎能够暂时入住的设施。她下这个决心很不容易。

附近的设施没有空房。她于是找到池田先生工作的社会福祉法人管理的福冈县的障碍者支援机构。2012年到2013年，一郎先生前后6次短期入住，最长时间20晚。

初次短期入住的第一天，一郎先生找不到美奈子女士，马上变得坐立不安。池田先生陪着也无法让他平静下来。他一夜未睡，一直说话，还大声嚷嚷。但是第二晚，他因为太累，睡了5小时。这次短期入住期间，一郎先生一直重复着每两天才能睡一觉的循环，这家设施尊重一郎先生的行为模式，根据他的节奏做了安排。在他睡不着的夜晚，值夜班的工作人员留在附近，以便处理突发情况。这样一来，一郎先生的不安得到缓解，大声叫嚷的频率降低了。他也开始在白天和其他居住者一起运动，过得很开心。

第二次之后的短期入住，一郎先生仍然会在第一天特别紧张，并且延续了每隔一天才能入睡的睡眠循环。"为什么大声嚷嚷？""为什么睡不着？"工作人员留意居住人的心理变化，从而积累应对的经验。有了他们的帮助，一郎先生习惯了设施里的生活。

多次短期入住，美奈子女士从旁看到一郎快乐的样子和工作人员的努力，她觉得可以把一郎交给这家设施。哪怕广岛的房子成为集体住宅的梦碎了，美奈子女士也希望一郎选择最为安稳的生活。为了能够随时见到一郎，她决定将来搬家到福冈。

广岛的设施逼迫一郎持续服用安眠药

但是2013年福冈市的这家设施全年满员，最早也无法在2014年6月前入住。在等待期间，美奈子女士希望一郎临时入住广岛市的一家障碍者支援设施，该设施与一郎平时上班的社会福利工作室同属一家社会福祉法人管理。美奈子女士与福利工作室的一位有10年以上交情的职员商量时，得到一个让她失望的消息。职员的话她记得十分清楚：

"无法马上入住的。先吃'眠药'吧。"

美奈子问："'眠药'是什么？"

福利工作室的职员说："就是安眠药呀。门诊治疗的话比较困难，请住院进行药物调整。"

照这名职员的说法，该设施的房间是合住的，一郎有失眠倾向，所以目前无法接收他入住。"在福冈时，不增加药量也能够入住。"美奈子女士本想这样回应，但想到虽是临时入住，但到底还需要拜托他们照顾一郎，所以又把话咽了回去。

那之后入住设施职员、福利工作室职员与美奈子女士经常开会讨论入住时间的问题。设施方面提出的入住条件是："确保在住期间的睡眠。尽可能达到6小时。"他们无法做到尊重一郎每隔一天睡觉的规律，每天都让他入睡就是条件。不知不觉间，讨论方向变成了让一郎住院，其间让他服用安眠药进行调整。

一郎先生当时一直到小时候就对他多有照顾的儿科医生处就诊。除了抗癫痫药物卡马西平，因其生活规律混乱、自言自语、大声叫嚷等症状变得显著，医生还开了比较少量的维思通（抗精神病药物)、左美丙嗪马来酸盐(抗精神病药物)、盐酸异丙嗪(镇静药物)等处方药物。医生也开过苯二氮䓬类安眠药,但是在有症状时才让一郎服用,没有经常性用药。精神科重新评估了以上药物,要求一郎先生持续服用安眠药。

2013年8月1日,一郎先生到民营的精神科医院就诊。医院告知,为调整用药,一郎需要住院,在上锁的单人间接受治疗。美奈子女士认为"一郎难以适应急剧的环境变化,隔离起来会让他陷入严重混乱",因而拒绝了住院。取代方案是一郎先生到医院门诊就诊,开始服用新开的抗精神病药物。他出现了此前几乎没有的失禁现象,以及不明缘由的行为不稳定等问题。美奈子女士询问医生,但得到的回应是"没有的事",她于是停用了一部分药物。

因为"会想家"而3个月无法见面

同年10月,一家属于国立医院管理的精神科医院接收了一郎住院。这家医院拥有面向重症身心障碍者的住院病房。美奈子女士听医院的疗育指导员(以下称A指导员)说:"我们医院只要患者不伤害他人或者没发作的话就不会被隔离。不需要担心一郎先生。"A指导员是美奈子女士的旧识,所以她安心地把一郎交给了医院。

美奈子提前参观了设施,A指导员为她导览,看了一郎会入住的重症身心障碍病房的"观察室"等地。观察室紧邻护士站,单人间内只有床,一片清冷之感。不过,这里并没有安装监控摄像头的精神科病房隔离室那样的森严之感。她看到房间有钥匙孔,便问:"房间会上锁吗?"A指导员肯定地说:"不会锁。"厕所在房间外面,A指导员还说"可以自由出入"。直到一郎先生死亡后她才发现,这一切都是彻头彻尾的谎言。

一郎先生住院时,精神科的主治医生(医院院长)没有对隔离做过任何说明。当美奈子女士提出探望时,医院答复称"会让一郎想家，所以 3 个月内不能见面"。美奈子女士频繁地打电话询问一郎的状况，A 指导员等人总说"一郎先生很有精神"。3 个月过去了，美奈子女士坚决提出："约定的期限到了，我想看望一郎。"母子才终于能够见面。

2014 年 1 月 14 日，出现在面谈室的一郎完全变了一个人。他如同身患晚期癌症的患者似的，身体瘦干干的，皮肤粗糙，背部弯曲，上半身犹如骨质疏松症严重的老妇人般佝偻着。"发生了什么！"一郎原本喜欢运动、生性好动的模样不见了。美奈子女士哭了出来，一郎先生见此情形也无法平静，几次想离开椅子站起身。会面 30 分钟左右便结束了。

院长遁逃，不解释一郎变化的原因

为什么一郎会变得这么瘦，还驼背了呢？面对美奈子女士的询问，A 指导员回答说："人瘦了是因为限制卡路里摄入防止糖尿病。瘦了之后胸部的脂肪少了，变得无法支撑，原本较短的脖子就向前倾了。"美奈子女士当然无法接受如此不科学的解释，要求担任主治医生的院长出面，但对方借口工作繁忙，没能见到。

美奈子女士后来又多次要求与院长见面，但他总是以开会等为由回避，始终见不成。3 月一郎先生出院时，医护人员按惯例为其送别，院长也没有现身。到最后，美奈子女士也没能从院长那里听到关于治疗过程以及副作用的解释。

一郎先生死后，美奈子女士为取得病历到访医院，她在诊察室外发现了院长，想着哪怕时间再短也要问问情况，便上前搭话，院长惊讶地逃走，躲到 2 楼的办公室里不出来。美奈子女士等了大约 10 分钟，还是不见人出来，没有办法，只得下到一楼的诊察室外等待。院长再次出现，发现美奈子女士还在，吃了一惊。这次他从走廊逃离，飞快地跑过尚未清理完毕的空地，尘土飞扬之间，迅速进入另一幢楼，不见了踪影。美奈子女士拨打110报警，警察听了事情的经过，十分同情她，但没能找到院长问话，美奈子女士不得不就此离开。

会面时"不隔离"的谎言败露

继续说回一郎先生住院时的情况。2014年1月18日，美奈子再次探望一郎。A指导员可能因为忙而没有出现，负责接待的是名第一次见的年轻护士。面谈室较为拥挤，所以护士带她来到观察室，在这里和一郎先生见面。探望结束后，离开观察室时，护士不知从哪里拿出一串钥匙，很自然地锁上了门。美奈子女士吃了一惊，问："说好不上锁，为什么还要锁门呢？"护士慌张地解释说："因为现在旁边房间的人不能进来。"

美奈子女士见到护士奇怪的举动，渐渐起了疑心。回家后，她给A指导员发去了传真。想与A指导员取得联系得先发传真，不知何时就有了这样的规矩。过了一会儿，A指导员的电话来了，美奈子女士问："现在是正在隔离吗？说不隔离是撒谎吗？"A指导员支支吾吾地回答："没有一直隔离，只在有必要时。"

但是这家医院从一郎先生住院第一天（2013年10月16日）到出院那天（2014年3月3日）为止，一直把他隔离在单人间里，并且给他服用大量药物。这个事实直到3月24日一郎先生突然死亡后，美奈子女士拿到医院的病例及看护记录才得知。

"我完全没有想到他们会一直把一郎隔离起来并且过度用药。我一开始就告诉医院，如果让一郎被隔离导致状态恶化，那我宁愿在家照看他。要是告诉我药物调整期间需要长期隔离的话，我会像之前去精神科医院就诊时那样拒绝住院，把他带回家。我完全不明白医院为什么非要接收一郎住院，甚至要撒谎。我真是傻瓜，相信了A指导员和医院的话。我真是后悔得不行。"

看到一郎瘦弱下去，对医院起疑的美奈子女士也提出过要带他回家，但被医院拒绝了。"这不是强制住院，要是不管医院说什么，把他带回来的话……"美奈子女士一直自责没有保护好儿子。

不遵守自制隔离方针的医院

从病历中可以发现医院的不诚实行为，医院一直采取隔离方式却没有向美奈子女士进行过说明。在一郎先生即将住院时，美奈子女士参观了观察室等病房，当天的病历簿上有这么一句话，笔迹不同于主治医生：

"参观病房（普通病房、能动的重症身心障碍者病房），包括观察室。患者母亲知晓。"

这部分没有署名，后来美奈子女士的律师就这一点追问。对此，医院解释是"A指导员根据医生指示记录的。"

美奈子女士对住院的事项虽有所了解，但她所了解的内容如前所述，是A指导员明确说明的"观察室不上锁"。但是这份病历上没有记载美奈子女士最优先考虑的"不隔离"一事。相反，A指导员记录的内容读起来，意思好像是"患者母亲参观病房后放心了。包括隔离在内，全都交给医院"。多么敷衍不负责的追加记录。

前文所说的"能动的重症身心障碍者"指的是虽然患有严重智力障碍，但身体可以自由行动的障碍者，医疗、福祉相关工作人员都这样称呼他们。这个称呼多省略为"能动的重心"。不说"能走""能跑""能活动"，而使用"能动的"一词，可以看出其中流露出的厌恶感和歧视意识。

一郎先生住院的地方不是精神科病房，而是普通病房。他并非强制住院，而是普通住院。本人和家属的意愿当然是最优先的。可是这家医院非但没有高度的专业性，反而采用了"拒绝探望＋隔离＋过度用药"的方法对待病患，可谓黑心精神科。甚至在没有得到家属同意的情况下，院方毫无法律依据地瞒着家属将入住普通病房的病人隔离 4 个半月之久。

《精神保健福祉法》不适用于普通病房，精神保健指定医师不能决定采取隔离或约束手段。像这样的医院往往声称"我们根据指导方针采取了适当的方式"，国立医院管理的这家医院也需遵守 2000 年制定的《重心病房的隔离、身体约束有关方针》，但这能够正当化医院违背本人及家属意愿对普通住院患者实施隔离的行为吗？

上述方针中有如下原则："同时根据《儿童福祉法》的精神，虽然不倡导隔离约束，但在不得已的情形下，根据《精神保健福祉法》以及该院精神科病房关于隔离、约束的指南执行"。"不得已"的说法给了医院随意扩大解释的空间。

关于隔离约束的指示，这份方针中写有"也要努力向家属说明，得到理解（住院前进行总体说明，开始实施隔离、约束时再次说明，力求得到家属的同意）"。医院一方主张一郎先生被隔离一事已经在参观病房时由 A 指导员进行过说明，但如上文所述，美奈子女士明确否认。如果隔离开始时院方也没有说明的话，那么这家医院连为了自身方便而制定的独家规定（没有法律依据的自制方针）都没有遵守，完全是一家失控的医院。

强迫隔离带来的刺激导致的精神不安定

病历上记录的一郎先生的主要症状是"失眠、兴奋、多语"，没有自伤或伤害他人之虞。住院的头一天他处于什么样的状态呢？让我们拿出看护记录，看看相关部分。

13 时 30 分　入院
入院时独自行走。发出大声，来回走动。不进入病房。工作人员观察其情况。

14时45分　房间开始上锁
经过再三催促,在帮助下进入病房。十分兴奋。
15时30分
大便,有弄便行为。敲门想要打开门。上半身赤裸。
22时00分
大声叫嚷着敲门。指着门说"打开"。言行多缺乏逻辑。

如第3章所述,不论是谁突然遭到隔离或约束时都会变得激动、言行缺乏逻辑。以此作为言行奇怪的依据的医疗人员才是头脑真的有问题。

一郎先生在自己家里没有排便、排尿的问题。他能够一个人上厕所。但是名义上为观察室的隔离房间内没有设置厕所,只有便携式马桶。而且那时一郎先生开始频繁地漏尿、漏便,说不定与服用的药物也有关。

第二天17日的看护记录有非常关键的内容。

8时00分
整晚上背着简易背包。拿到前室保管(A指导员)
8时20分
在房间里徘徊,没有诉求。
9时00分
大声叫嚷在说什么。对着没人的地方像是在对话一样发出声音。
16时00分
大声自言自语说了很多话,能大概听出说的话多为"把我的背包拿来"。
20时30分
查房没有异常。对着工作人员的方向说"我想要背包"。

背包是一郎上初中时美奈子女士给他买的黑色帆布背包。一郎先生不论到哪里去都会带着，包不离身。背包上到处都是磨损的痕迹，但这个背包陪伴他走过人生，对于一郎来说就像自己的一部分，也是能让他安静下来不可或缺的宝物。住院时他还带着一个黑色带花朵花纹的拉绳袋和一个深红色的背包。它们都是一郎小学时买的充满回忆的物品，他睡觉时总是抱着它们。但两样物品看上去破破烂烂，在一郎进入观察室前，A指导员说"这些先由我们保管"，把它们都拿走了。

就是说，一郎先生被剥夺了这些无害的"精神安定剂"，只能背着黑色的背包，默默忍受着无法入睡的夜晚。但是第二天早上，医院把背包也收走了，继续给无法安定下来的一郎服用数种药物。出院时，院方虽然把黑色背包还给他了，但是拉绳袋和深红的背包却没有了，恐怕被当作垃圾处理掉了吧。

过度用药与体重锐减

下面列举出每天医院给一郎先生服用的药物及其每日剂量。住院期间处方没有更改过。

  卡马西平 200mg　2 片（抗癫痫药）
  碳酸锂 200mg　2 片（治疗躁郁药）
  盐酸氯丙嗪 50mg　1 片（抗精神病药）
  氟硝西泮 2mg　1 片（苯二氮䓬类安眠药）
  右佐匹克隆 2mg　1 片（非苯二氮䓬类安眠药）
  阿立哌唑 6mg　1 片（抗精神病药）
  阿立哌唑 12mg　1 片（抗精神病药）
  硝基安定 5mg　2 片（苯二氮䓬类安眠药）
  溴替唑仑 0.25mg　1 片失眠时服用（苯二氮䓬类安眠药）

安克痉 1mg　1 片（抗帕金森病药　12 月中止）
番泻叶贰 12mg　1 片（缓泻剂）

同时，为治疗宿疾，一郎先生还在服用治疗糖尿病、高血压、高血脂等的药物。

普拉固 10mg　1 片
氨氯地平 2.5mg　2 片
磷酸西格列汀 50mg　1 片

一郎先生并非因为精神疾病发病而住院。他无法安定并非源自突然出现的躁狂状态，而是由于父母生病导致的生活环境变化。广岛市内的福利设施工作人员接收一郎先生短期入住的条件是调整用药，疲惫不堪的父母不得不同意了这个条件。

可是医院采取了隔离、收走背包、使用移动式马桶强制排便等手段，使得一郎先生越来越混乱。而且，院方把大声嚷嚷、一直自言自语等反应当作躁狂状态，为了抑制给他服用碳酸锂、阿立哌唑、卡马西平（抗癫痫药，但也有抑制躁狂状态的作用）。甚至为了让他睡着，一直给他使用氟硝西泮、右佐匹克隆、硝基安定、盐酸氯丙嗪等 4 种药物（有症状时服用的溴替唑仑也服用了 27 次）。

患有自闭症的人群对环境变化十分敏感，医院里医护人员的辛劳可想而知。在一些情况下，院方可能不得不用药物抑制患者症状或是将患者隔离。但是，不能理解环境变化给患者带来的困惑，不能抱着想象力和同理心去对待患者，自始至终试图用隔离和药物治疗解决问题，这种处理方式是对人权的严重漠视，是让人无法接受的。

一郎先生住院时体重在 60 公斤，出院时体重锐减至 47 公斤，减重 13 公斤。他的肌肉力量也明显下降，脚步踉跄。美奈子女士回忆说："真害怕他摔倒。"对于异常的体重下降，院方给美奈子女士的解释是"为了治疗糖尿病"。但是 2010 年左右，一郎先生的血糖值超过了标准值，在从小给他看病的内科医生的建议下，他把体重从约 70 公斤减到约 60 公斤，药物也起了效果，他的情况稳定了下来。这次住院后院方马上对他进行了验血检查，糖化血红蛋白在 6.0% 的标准值内，空腹血糖也在 96mg/dL 的标准值内。

一直以来的治疗使一郎先生的血糖得到了控制，那为什么还要强行使用有害健康的方式进一步短期减重呢？也许是因为精神类药物中含有会让血糖上升的成分，要留心吧。糖尿病最佳的治疗方式是控制饮食和运动，但医院一直把一郎关在隔离房间内，没有进行持续运动疗法的迹象。

饮食也必须在隔离房间内。医院的营养管理师评估了一郎先生的营养状态（身高 158 厘米，标准体重 55 公斤），推定出在隔离房间生活每天所必要的能量是 1900kcal。吃饭有人照顾，一郎先生基本都吃完了，因此推定他的摄入能量为 2000 到 2100kcal。可为什么一郎先生的体重明显低于标准，并且一直在减少呢？

出现多种副作用

过多服用抗精神病药物会有很高概率引发肌肉僵硬、背部和脖子等部位弯曲的肌张力障碍，以及手脚颤抖、无法静坐等副作用。这些被称为锥体外系症状。一郎先生突然出现的驼背可以被认为是锥体外系症状。更有甚者，肌肉持续僵直会导致组织坏死，引发横纹肌溶解症。肌肉长期衰弱致使体重减少，情况恶化的话可能引发肾功能障碍，有导致死亡的风险。

一旦发生横纹肌溶解，血液检查中 CK（肌酸激酶）的数值会急剧上升。事实上，在一郎住院期间的前半段，其 CK 值持续处于高水平，在 2013 年 12 月的检查中达到 2632 U/L（男性正常值为 62~287 U/L）。CK 值在激烈运动后也会上升，但一郎身处狭小的房间并服用大量镇静药物，根本无法进行激烈运动，看护记录上也没有此类记载。

因大量药物的影响，患者有可能患上药物性心肌炎，出现严重的心律不齐。一郎先生服用的碳酸锂和卡马西平在《急慢性心肌炎诊断与治疗相关指针》（日本循环器官学会、日本心脏病学会等 6 个学会共同研究小组制作）被列为"引发心肌炎的药物"，可是担任主治医生的院长一次都没有给一郎先生做心电图检查。

院长称"未曾注意到" 背部弯曲

院长在此后的民事诉讼（2018 年 7 月广岛地方法院的证人询问）中作证，因为一郎无法安静下来而无法给他做心电图检查，而为了让一郎平静下来，"没有考虑过"寻求美奈子女士的帮助。院长这是轻视心电图检查的作用吧。一郎先生的 CK 值在住院后期下降，体重跌落至 47 公斤。衰弱如此显著，但在 2014 年 2 月中旬的检查中，CK 值变成了正常值，这种变化意味着什么？

住院期间，一郎先生的背部发生的弯曲现象，看护记录上有多次记录。可是院长在不能撒谎的法院里声称"看不出弯曲""未曾注意到""没看过看护记录"。这家医院的指导意见

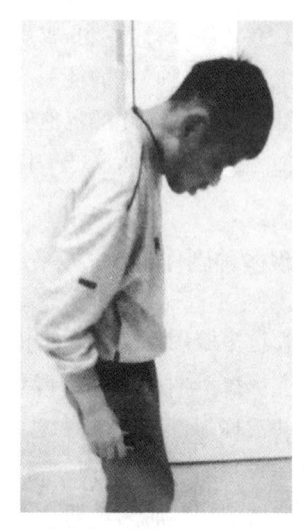

后背弯曲、脚步不稳的串山一郎先生。这是被投用大量抗精神病药物引起的典型副作用，但对此院长称"未曾注意到"。（2014 年 1 月 20 日医院内）

规定，患者在重心病房接受隔离治疗的情况下，需要每月召开1次病例讨论会，讨论是否继续隔离。病例讨论会确实定期召开了，院长和负责护士肯定会进行内容详细的交流。很难想象开会时没有讨论过一郎先生严重的背部弯曲。

出院时院长撰写了《出院报告》，与之相关联的《出院看护简要》中记录："2023年11月下旬开始发生背部弯曲，前屈姿态越来越多。调整用药，弯曲有所缓解，但前屈姿态仍旧存在。"院长虽然在法院声称"未曾注意"，但实际上将弯曲视为问题进行了药物调整。这不就成了给法院提供虚假证词吗？

在证人询问环节我们得知，包括院长在内的医生大多只是隔着玻璃窗观察一郎的状况。关于一郎从第一天住院开始便进入隔离的理由，院长回答："为了隔绝刺激，为了确保这样一种环境。"他似乎完全没有考虑对于一郎先生来说，隔离本身是一种显著的刺激。法官问到为什么隔离持续到出院为止，院长回答说："我们相信隔绝刺激有效果，这样能够有一个观察他情况的居住空间、能够让他安心的空间。我们认为那个房间对他来说直到住院最后都是必要的。"

我不禁想到这对一郎先生不是必要的，而对于想要在管理上更轻松的医院一方来说才是必要的。

发现时已经出现死后僵直

2014年3月3日，一郎先生在极为衰弱的状态下出院了。明显已经没有了晚上不睡觉一直说话的气力。换一种无情的说法，他从"能动的重心"变成了"几乎不能动的重心"。那些把能活动的多重障碍患者当成麻烦的人会乐于见到这种状态，认为"容易管理"。

此时一郎先生看上去根本不像30多岁，老了许多，担心他的美奈子女士提出"先带回家疗养一段时间"。但是广岛的福利设施的方针是"在习惯这里之前不能回自家",一郎出院后马上入住到机构里。

住院期间产生的背部弯曲和体力低下问题,再加上安眠药的影响,一郎多次在设施内跄跄不稳。14日早上,他想起床,随后摔倒,左眉上方缝了8针。头部遭到撞击后有内伤风险,他在医院接受了CT检查。18日他发烧到38.6度,设施的职员带他到内科看病。一郎先生此前未在那家医院就诊,因此医生想让他张嘴检查,他并不配合。流感检查呈阴性,所以医生诊断为普通感冒,开了感冒药和解热用的扶他林。美奈子女士于20日向设施的职员提出,请经常就诊的医生来看一下,但没能实现。

21日早饭后,一郎先生提出"想回去""救救我"。23日晚上9时30分,他服用了就寝前的药物。迷迷糊糊之间,他有好几次想要起来,但最终在晚上11时30分睡着了。

24日早上6时,职员来到他的房间叫他没有反应,于是呼叫了救护车。当时他已经出现了死后僵直,因此没有送急救,警察到达后进行了现场检查。他身上的衣服没有散乱,死因被认定为急性心肌梗死。推定死亡时间为24日凌晨2点左右。

一郎先生的死因真的是急性心肌梗死吗?死因是通过心肌肌钙蛋白检测(心脏穿刺)判定的,也就是抽取心脏的血液检查有无心肌障碍。但有人指出,穿刺针会伤害心肌,容易造成假阳性,而且肌钙蛋白的指标也会因为心肌炎等原因上升。

过度使用抗精神病药等可能导致致死性脉率不齐,从而导致患者突然死亡。一郎先生服用的盐酸氯丙嗪说明书上重大副作用包括"猝死、心室颤动"。如上文所述,无法排除在大量药物或病毒的影响下引发心肌炎的可能性。然而,虽然美奈子女士希望进行行政解剖,却没能如愿,直到最后也无法得知准确的死因。

向社会追问"非人道对待"的审判

阳三先生和美奈子女士对广岛的入住设施（被告是管理设施的社会福祉法人）和住院医院（被告是国立医院）分别提起民事诉讼。他们的全部初衷是"让更多的人知道多重障碍患者遭受的非人道对待"。被告为国立医院的诉讼到2018年执笔本书时仍在进行，院长的证人询问发生在这个案件的庭审里。起诉入住设施没有尽到充分照看义务的案件已经败诉。

在败诉的案件中，比起照看义务，美奈子女士更关注设施工作人员强制性地以服用安眠药为入住条件的问题。针对这点，2017年3月作出驳回裁定的广岛高院的见解如下：

"被告要求服用安眠药虽然是出于组织管理的方便考虑，但原告因健康原因照顾一郎先生存在困难，被告为了继续维持一郎先生在设施的生活而不得不做出此种关照。"

通过让患者服用药物来满足设施的方便，"矫正"生活方式被称为对一郎先生的关照。不顾本人和家属的意志，深究这种忽视本人、不受欢迎的好意，可以联想前文提到的被告人植松，以及认知障碍患者遭到强制绝育手术等问题。

下面引用植松圣写给众议院议长信件中的一部分：

"障碍患者不是人，而是动物。有很多患者一生离不开轮椅，十分令人遗憾。监护者多和他们断绝了关系。我要达成的目标是，在多重障碍患者正常过上家庭生活或者开展社会活动十分困难的情况下，创造一个在获得监护者的同意后可以让他们安乐死的世界。目前尚未找到多重障碍患者生命的意义，这对于他们只是不幸。"

通过药物控制多重障碍患者行为这一想法与让他们安乐死的想法不无联系，可以说是同属一类。

一郎先生播下的幸福的种子

　　一郎先生的死是不幸的。但这给更多的障碍患者带来了获得幸福的契机。与一郎先生相识、决定与多重障碍患者同行的池田先生深度参与到福冈市从 2015 年开始的严重行为障碍患者的集中支援事业里。

　　这项工作的对象是因重度认知障碍反复出现自伤他害、执拗、破坏物品等严重行为障碍的儿童和成人。患者在"障碍者地区生活、行动支援中心"（福冈市城南区）生活 3 个月，集中得到帮助。支援者在此期间找到问题行为的背景，根据每个人的特点总结出应对方式。集中支援结束后，家人和接收机构能够运用总结出的方式改变对待他们的方式。报告显示，部分案例问题行为骤减。

　　容易引发严重行为障碍的自闭症患者经常因为感觉障碍而痛苦不堪。或是听觉、嗅觉过度敏感，或是毫无感觉。他们容易受到气压影响，一有变化便产生不快，无法入睡。他们的体温控制能力也较弱，有时气温上升就会把衣服脱光。他们做出的不是毫无意义的行为，而是对环境变化过度敏感造成的。如果随意压制，会让患者的焦躁感不断累积，进而引发问题行为。安定剂和安眠药只能获得暂时性的效果。把他们当作人看待，找到他们行为的意义，支援者的作用不可或缺。福冈市的集中支援事业得到全国范围的关注，也有助于培养出优秀的支援者。

　　一郎先生说话直率温和，受到大家的喜爱，他掉进了散落在这个社会上非人道的裂隙，最终意外死亡。但他向社会播撒的幸福的种子正在茁壮地成长。

第 6 章　反复殴打患者的精神科医生

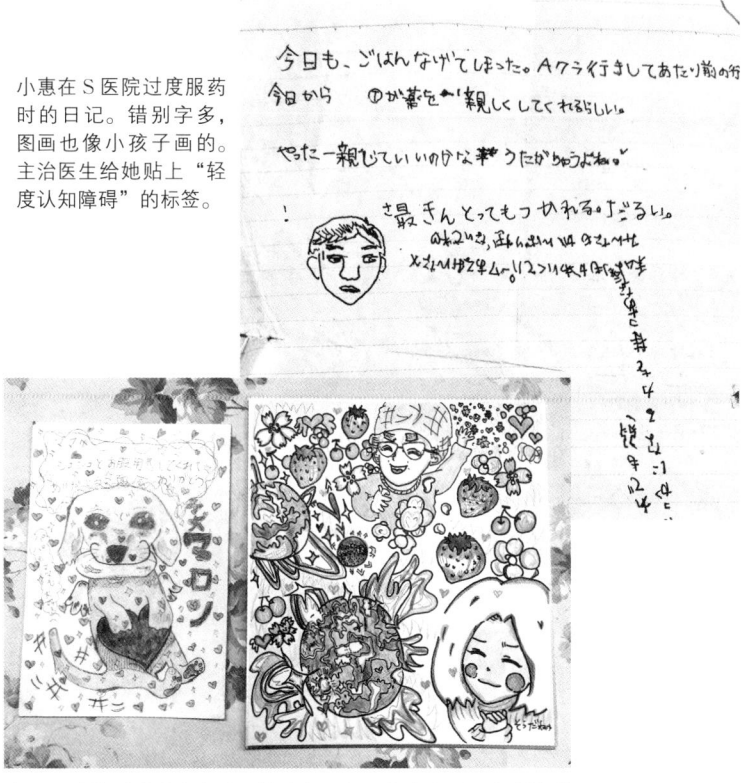

小惠在 S 医院过度服药时的日记。错别字多，图画也像小孩子画的。主治医生给她贴上"轻度认知障碍"的标签。

在 N 医院接受减药治疗时画的爱犬（左）和出院后不久送给熟人的头像速写。随着药物减少，小惠的画和文字都恢复了生气。

发狂的患者被射杀也是没办法的事

2018年5月,约有1200家医院加盟的日本精神科医院协会的会刊和主页上刊载了会长山崎学的文章(卷首语),题目为《欧美患者中心医疗的边缘发生的情况》。山崎先生熟识安倍晋三首相,还担任圣皮埃尔医院(群马县高崎市)的理事长和院长。文章的内容是在医院的早会上一名医生讲述的故事,他认为很有趣。内容简要如下。

> 欧美的医疗现场兴起了反对隔离约束的风潮。代之以被称为安全官员的全副武装的保安积极地处理发作的患者,也会采用粗暴的约束方式。曾发生过枪杀患者后不被治罪的案例。在欧美,患者的暴力不是治疗问题而成了治安问题,甚至在外包过程中逐步军事化了。欧美的患者正在被当成恐怖分子对待。

那名医生在早会上讲完上述内容后,发表了一段极端的评论:"精神科医生应该配枪。"山崎先生不加批判地介绍了他的想法。这篇文章读起来,似乎日本民间精神科医院的负责人是赞同用枪杀死患者的。山崎先生在卷首语最后写道:

"为了应对患者互相伤害、患者伤害职员的情况,日本精神科医院协会正在研讨精神科医疗安全员的认定制度。"

患有精神疾病的患者对医院工作人员施加暴力,这不该被忽视。学习防身术的护士在增加;医护人员因患者而受伤时产生的补偿问题等,很多课题必须要由全社会共同认真思考。但是精神科医院发生的暴力还存在另外一个方面,那就是医院职员对患者施加暴力的问题。患者发作的背后，多伴随着不适当的住院环境和治疗问题。医院默许职员对走投无路、发起反抗的患者施加暴力，不适当的治疗问题则被共同掩盖起来。

患者暴力问题需要关注，但卷首语中仿佛主张职员暴力正当性的言论，正暴露出民间精神科医院掩盖问题的本性。这份卷首语于 2018 年 6 月经过媒体报道后遭到强烈批判，之后便从主页上连同栏目一起被删除了。

本章介绍精神科医生对患者施加暴力的问题。以下案例没能被医院成功掩盖，曝光后得到了关注，但这个案例只是冰山一角。

代替父母"打了 20 多下" 而感到得意的主治医生

2015 年 10 月 20 日，千叶县一家民营精神科医院（以下称 S 医院）的一名精神科男医生（以下称 I 医生）语出惊人：

"请小惠爸爸、小惠妈妈都要想明白。不要总想着坏事。她可能会有改变。我代替你们打了她 20 多下。这是我最后的一项重要工作，我对其他人可能不上心，但唯独这个孩子我是拼命照看的。"

前几天（很有可能是 10 月 14 日），正在 S 医院住院的 28 岁女性桥本惠（化名）的右手大拇指受伤骨折了。她的脸也肿了，嘴唇破裂，肩部、后背、脚部有多处淤青。S 医院认识到事态严重，紧急与其父母会面。会谈中主治医生 I 发表了上述言论。小惠父亲后悔地说："你好像是在说殴打也是治疗的一个环节，我们真是无知、愚蠢，相信你这样的医生，把女儿交给你。"

10 月 16 日小惠在其他医院治疗手指时，I 医生也说了"替你们父母打了她 20 多下"。小惠父亲对此话感到愤慨，20 日之后与院方接触时全程录音，所以 I 医生 20 日的言论得以被记录下来。

"筹钱去！" 要求父母付追加费用

会面中Ⅰ医生还说：

"总之不要对精神科医生抱有太多期待。医生啊，所有人都这也叫医生那也叫医生，要是认为不论什么人，医生都会救治到最后，那就大错特错了。唯一的一条路就是拿钱。我当然也是如此，需要很多钱。我想一半的人都会答应的。"

"我说的是单凭通常的收费是不可能的。无论是用乞求的眼神的暗示，还是做出一副可怜兮兮的样子，都是不可能的。我是这样想的，那些人造成的麻烦是别人的几倍，要照顾他们，相对地多拿一些也是应该的。"

"我的父亲还得我供养，需要攒钱。我不听你们说的什么道德不道德的。这样做是理所当然的，有人说得通有人说不通。"

诊疗报酬相关制度是医疗的根基，这名精神科医生无视规定，向家属索要追加费用。基于医疗保险制度行医的医生说出这样的话是很不合适的。假如他真的一直以来都在接收常年给身边人带来麻烦的病患，为此在岗位上艰苦奋战，那么向家属抱怨一两句倒也能够理解。

但是小惠真的是"造成的麻烦是别人的几倍"吗？答案是否定的。小惠是因为接受不适当的精神治疗，自身受到重大伤害的受害者，治疗她的一方正是加害者。让我们看看事情的经过。

医生治不好抑郁却加深了伤痛

小惠在高三时开始用刀具割手腕，反复自伤。她在开解有自伤行为的朋友的过程中，自己心理压力越来越大，也做出了同样的行为，这或许是由于她的共情能力特别强。她瞒着父母到附近的精神科诊所就诊，毫不掩饰地告诉医生自己心里堵得慌，以及有过自伤行为。医生马上诊断为"抑郁"，并开了抗郁药物。从那以后，她一直糊里糊涂地服药，药物的种类和剂量不断增加。

精神科诊疗没有针对自伤行为的根本原因，而是靠药物糊弄过去，不仅没有对小惠产生帮助，反倒将她步步逼入绝境。诊疗时间总是只有 1 分钟左右，医生一边看着每次提前写好的问诊表一边问"感觉怎么样？"，语气像是质询式的自言自语。不等小惠回答，医生便照着问诊表上的打勾数开具了相应的药物处方。

小惠进入大学后仍有抑郁倾向。抗郁药物的副作用造成排尿困难，课间休息时间不够她上洗手间，因此经常迟到。很多课程只迟到一小会儿也会被记为缺勤，难以拿到学分。这成了她的精神负担，大一后期，她没法去上学了。

小惠接受了治疗，仍无法恢复。她对"自身的弱小"感到苦恼，精神上越来越走进死胡同。小惠的零花钱逐渐不足以支付医疗费，于是她将看病的事告诉了父母。父母虽然很惊讶，但想到"暂时休息，专心治疗比较好"，就让她休学了。家庭关系没有问题，与高中时的朋友分开后她不再有自伤行为，所以小惠自己也没料到情况会继续恶化。

最终小惠没能复学。父母是个体户，鼓励她"在家做些力所能及的事情"，于是她开始帮忙打理自家的生意。但是抑郁倾向没有改善，主治医生较从前更加频繁地增减药物或更换品种。小惠因为不适当的服药，身体情况更糟了，常年（2012 年为止已经 7 年）看精神科却怎么也治不好，小惠的自厌和焦躁情绪越来越强。

原本"愿意听女儿讲述" 的主治医生态度突变

2012 年 8 月，小惠换了一家医疗机构。长期看病却治不好，她的父亲很担心，于是到地方保健所咨询，那里推荐了 S 医院。父亲回忆说："I医生最初能够听女儿讲述，感觉是个值得信任的人。需要服用的药也变那么多了。"

但是到了2015年，处方发生了巨大变化。药物的增减变得频繁，抗精神病药物和抗郁药物时而突增时而断药，总有这样危险的处方。影响脑部的药物突然增大剂量又突然彻底停用，大脑会因无法适应变化从而陷入混乱。小惠的举止出现异常，比如伸出舌头、扭动身体。她开始经常抖腿，坐立不安。精神类药物的不适当使用引发了静坐不能和药物中毒现象。

然而那时，小惠和她的父母还没意识到这是药物的影响，一心认为是"病情恶化"。这也在所难免，因为不论I医生还是其他医护工作人员，都没有充分告知他们药物的副作用。

小惠会突然大叫，表现出明显的不适当用药引发的亢奋状态。2015年6月下旬，她到S医院住院约一周，没有好转的迹象。返回家中后，她多次做出自伤行为。她拿着筷子捅向自己的腹部，此类冲动性增加，发展到一刻也不能离开看护的状态，父母只得再次到S医院寻求帮助。

2015年7月30日，小惠接受了医疗保护性住院。8月中旬开始的约3周，S医院以"（小惠的）状态不好"为由，拒绝了同意其住院的父亲前来探视。其间小惠遭到隔离，被强迫穿上纸尿裤，同时受到身体约束，且过度用药。

隔离后强制接受训练

小惠住院第一天（2015年7月30日），院方便做出了应隔离治疗的诊断，这天I医生在手写的病历上记录如下：

> 最近一段时间状态持续不稳定。患者因什么都干不成而感到生气。情绪变得不稳定。

无论接受什么治疗都没有好转，不仅如此，痛苦的症状甚至加重了，小惠变得自暴自弃也在情理之中。将小惠逼入绝境的不是"不稳定的状态"，而正是不适当的精神医疗。这样说是因为后来小惠到别的医院接受减药治疗后快速好转。将小惠逼到认为"自己一无是处"的究竟是谁？连这点都认识不到，竟然还在自信满满地做精神科医生。非常遗憾，现实就是如此。

这次住院期间，I医生失控的情况变得严重起来。也许是因为此前的治疗一直没有取得效果，使得他急躁起来了，新的治疗方式越来越脱离了医疗行为和用药理论的范围。据说小惠在隔离房间里"被迫做俯卧撑和仰卧起坐"。8月3日的病历上，I医生的笔记如下：

> 持续不稳定!!
> 继续住院。
> 项目～
> 　下蹲
> 　⎧ 俯卧撑
> 　⎪ 仰卧起坐　　精神疗法
> 　⎨ 高抬腿
> 　⎩ 后踢腿

I医生在病历上的记录每次都是只言片语，或是只对隔离和身体约束做记录。8月20日开始身体约束之前，甚至某些日子只写了"训练"的情况。

"训练（一边耍赖一边做）"（8月4日）
"总算做了训练（十分不充分）"（8月6日）
"训练。尽早提高水平。南无阿弥陀佛…//—产生幻听→奇怪"（8月10日）

生活环境问题看不出有什么问题，小惠却反复自伤。I 医生似乎认为小惠太娇气。能够看出，对于温柔地养育和照顾小惠的双亲，I 医生越来越不满。训练恐怕是以改变小惠的性格为目的强制开展的。但是，精神科是疗愈受伤心灵的地方，而不是开展斯巴达克式教育的地方，更不是军队。精神科医生配备了隔离、身体约束、电击和使用精神类药物等最强的武器，并且能够合法地使用它们，想象一下把矫正心灵的重任交给这样的医生会发生什么。

8 月 20 日，I 医生记录的内容是："训练。用时短，快速完成。"可是紧随其后在病历上记录了"不稳定，很暴力，力量太大，难以控制"，"遗憾的是，告诉她在持续努力方面有所欠缺后立马变得不稳定（持续是力量，希望她能够明白）"，以此为理由，I 医生对小惠进行了身体约束（腰腹部以及四肢）。约束于 21 日夜间解除，24 日早上，记录显示小惠"夜间失眠不断敲打门。查看了情况……将早饭全部打翻，状态不稳定"，于是再次开始身体约束（26 日解除，但之后反复以"不稳定"为由施行身体约束）。

时而用药时而停药，如同过山车一般的处方

违反精神医疗理论的用药方式仍在继续，时而用药时而停药的做法十分危险。9 月上旬，小惠接连数天服用超过 10 种精神类药物。9 月 9 日，S 医院联系其家人说"（小惠的）食指受伤，希望家人带她去看整形外科"，父母赶到后发现，许久未见的小惠情况恶化得令人不敢相信。她的眼神游离，头部上下大幅摇动，手脚不断抖动。父母把带来的瓶装水和茶递给她，她因为手脚颤抖，甚至都握不住瓶子，自然也无法拿筷子和勺子自己吃饭。小惠告诉父母，"我请求医生减少药量，药却越来越多""脚站不稳，不能走路"。

父母此时仍然相信 I 医生和 S 医院，所以没有重视小惠说的药物危害，还按照医院说的带她到其他医院的整形外科接受治疗。小惠右手食指的指甲断裂，指尖到第一关节红肿。幸亏最后好了，不过医生曾一度说"有可能需要截断"，应该是受伤后一直放任不管导致恶化了吧。

关于这次受伤，S 医院解释称："工作人员要关保护室（隔离房间）的门时，小惠极力反抗，不肯松手，所以被夹到了。"父母想着："这不是医院的过失吗?"但没能说出口。因为他们觉得医院正在照顾病情不停恶化的女儿，心里有点过意不去。

在此之前的 8 月 29 日，S 医院的 M 药剂师见了小惠，进行定期的药物指导。他在病历上写下"过度镇静"，意思是大量服药导致镇静效果过头了。他还记录了"吞咽功能低下，尝试把饮食中的面包改为粥"。20 多岁的年轻女性因多种药物的大剂量使用，竟引发了病弱的老年患者身上常见的吞咽功能低下症状，面包有可能导致窒息，所以更改为粥。药物过度使用已经非常明确了。

但是 M 药剂师在那个时候没有要求 I 医生重新调整处方。"处于过度镇静状态应该减药，但因症状无法控制，可以继续用药，同时留意摔倒、吞咽情况。"精神科的医疗工作者本应该共享患者的情况，相互交换意见，以达到更好的治疗效果。现实是这样的机制并没有落实，这个案例突显出当下的医疗组织无法阻止主治医生的失控。

I 医生的失控仍在继续，9 月 13 日开的药物达到了 15 种。或许意识到药物太多了，第二天即 14 日他尝试了减药，但做法相当极端。卡马西平片（抗癫痫药，具抗躁狂作用）、盐酸度洛西汀（抗郁药）、托吡酯片（抗癫痫药）、氰噻嗪片（抗精神病药）、氯硝西泮片（抗癫痫药，具抗焦虑作用）、利培酮内服液（抗精神病药）、溴西泮片（抗焦虑药）等 8 种药物，当天突然全部停用。

毫无疑问小惠经历了相当程度的痛苦。但 I 医生写的病历上仍旧是只言片语，仅有"没有太大变化""正在隔离"等内容，只在 9 月 15 日对小惠的痛苦有些许描述，留下"服用药物减少而感到不安"的记录。接着，他开始追加肌肉注射氟哌啶醇（抗精神病药）和奥氮平片（抗精神病药）等，9 月 22 日的病历上记录有"其实不需要使用抗精神病药物。需要让其能够好好睡觉"。我在这里再次强调，S 医院给小惠诊断的病名是"抑郁症"，并不是必须使用大量抗精神病药的精神分裂症。

无视药剂师的意见，变本加厉

第二天 23 日，负责药物指导的 M 药剂师再次见了小惠。他好像下了决心似的，在病历上记录如下：

"认知迟缓。自己明白不能自伤。自伤行为是反抗。药物减量后，也稍微能够理解话语。大量使用药物时无法治好自伤行为。药物减量后，有时能够听懂工作人员阻止她的话语。为了让她能够自己停止自伤行为，我认为不应该继续服用多种大量药物。"

但这样的警告在 I 医生那里如同耳边风，9 月 27 日到 10 月 5 日，他追加了肌肉注射左美丙嗪（抗精神病药）。其间，他增加了 10 种内服药，每天注射 2 种抗精神病药（另外一种是氟哌啶醇）。为了抑制副作用，他又加上盐酸异丙嗪，每天肌肉注射药物达 3 种。此外，从 9 月 24 日到 10 月 14 日，他对小惠施行了身体约束。

I 医生把小惠"打了 20 多下"发生在 10 月 14 日下午，身体约束暂时解除时（15 日晚上再次约束）。护士定期记下"过程记录"，14 日下午有如下记载：

17:20 隔离观察中。一边抓着 I 医生一边说话。似乎要扯下 I 医生的工牌和白大褂。

18:00 I 医生说患者口腔内有出血，指示前去查看。口腔内、牙周有少量出血。漱口后暂时止血。

I 医生在这天的病历上记录如下：

真的就还剩 1 个月了。必须也要考虑更为大胆的做法。要让她说出自己"真正的痛苦"。一步一步来。

I 医生在 S 医院同时担任副院长，11 月中旬决定辞职。小惠的父亲证实："他曾经说过留在这也当不了院长，所以要到其他地方去。他说反正都是开诊所，指使人干事，自己赚钱。" I 医生想在剩下不多的时间里让小惠尽快好转，假设这种想法出于善意，即便如此，所谓的"大胆的做法"也应当是有根据的医疗。

抗精神病药使用的大前提是服用 1 种（单剂），叠加使用 3 种、4 种的处方明显是不适当的，也没有证据表明这样有效。厚生劳动省现在对于抗精神病药、抗郁药、抗焦虑药、安眠药的规定是分别最多使用 2 种，并在诊疗报酬上加以控制，若开 3 种以上药物，则诊疗报酬大幅减少。能够使用 2 种药物的情况是在更换药物时可暂时保留 2 种，不言自明，单剂用药是大原则。

喜欢大量开多种药物的精神科医生通过过量药物让患者进入过度镇静状态，他们将患者没有生气的样子视为"有效"。故意让患者处于过度镇静状态可以称得上是卑劣的虐待行为。加之，用拳头殴打患者面部，无论找什么理由都不属于医疗范围，而是犯罪行为。

10 月 14 日晚上，I 医生在病历上追加记录：

晚上发作。将其控制住，终于吐露心声（这是两人的秘密）。我十分明白她的心情，真想为她做些什么。

小惠为什么发狂，想要逃出隔离房间呢？"总是被打而感到害怕，所以才想拼命逃走。"精神科治疗最重要的是医生和患者之间的信赖关系，只能给患者施加恐惧的医生无法治愈患者的心灵。

I医生虽然说他"十分明白"小惠的心情，可第二天15日再次对她实施身体约束，绑住她的腹部和四肢。并在傍晚打电话到小惠家里告诉她父亲："小惠手指受伤了。大拇指骨折。请带她去看医生。"小惠父亲吃了一惊，随即表示"马上过去"，I医生却回答说："明天也没关系。不是性命攸关的事，明天也可以。"

见到的是手指骨折、满脸是伤的女儿

第二天一早，小惠的父母开车赶往S医院。小惠仰卧着，头发盖住了脸，看不清她的表情。骨折的右手大拇指还没有得到包扎。他们将小惠送上车，准备前往I医生指定的整形外科。I医生说："我也和你们一起去。"也上了车。9月，小惠因食指受伤到整形外科就诊时，小惠父母请求I医生安排工作人员一起去，I医生说"哪有时间"，拒绝了他们。父母惊讶于他态度的转变，不免觉得有点奇怪。

在整形外科排队，轮到小惠时，I医生说："我先去说明一下。"就一个人进入了诊疗室。I医生离开后，仰卧着的小惠才小声说：

"我被I医生精神控制了。他对我大打出手。"

父母吓了一跳，靠近小惠。发现她双眼周围的皮肤红肿，左边下嘴唇破裂。因为她说"肩膀痛，背痛"，父母让她拉起衣服查看，发现还有好几处淤青，青一块紫一块。

几分钟后，I医生从诊疗室里出来，或许发现了小惠父母神情不安，于是靠近小惠对她说："我再也不会像最近这样对你了。"然后转向她父母说："我是替你们父母打了她20多下。"

"你这混蛋，我饶不了你！"父亲拼命忍耐着想推倒I医生的冲动。那天晚上，父母无法入睡，商量着对策，最终决定报警。一晚过去，到了17日白天，S医院仿佛察觉到小惠父母的打算似的，给他们打来电话，约定20日会面。父亲听说院长也会出席，但实际上院长并没有现身，医院一方由I医生和精神保健福祉师出面。会面时I医生再次语出惊人，如本章开头介绍的那样。

I医生在会谈中提出让小惠尽早出院。他这么说也许是为了动摇越来越不信任他的小惠父母。小惠住院以来症状越发恶化，要是回到家里，一时照看不周就可能会寻死。父母正是害怕这一点。I医生试图操纵小惠父母的想法，继续说：

"提前准备好刀具吧，反正已经无所谓了。这样不行的。世上所有的事，有爱就能化解。人啊，怎么说，要平静地面对耶稣。我指的是神。要跟罗马人学习一下。别看我这样，我很熟悉宗教，真的。只是不说而已。直面神吧。"

"我说的是爱。最终是爱。约翰·列侬也说过，是爱。明白吗？"

父母回去后，I医生提出将小惠的药物全部停用。S医院的医疗人员也对这项方针感到十分惊讶。小惠的身体已经十分虚弱，看血液检查和心电图检查结果便能明白这一点。在此这样反复胡乱停药和增药，小惠可能会有生命危险。21日，护士长、药剂师、精神保健福祉师等3人把小惠的父母叫来医院，说明了状况。

"I医生提出将小惠现在服用的药物全部停掉。就是现在，那个，除了I医生，药剂师、护士也在，都认为I医生的意见有点过分。此前小惠一直服用很多药物，一下全部停掉，会给身体带来相当大的负担。"

"而且，直到现在，小惠都脉搏过快，也持续了相当一段时间，这样的情况下危险性可能会增加。假如真的要这么做的话，还是必须如实地告知家属其中存在的风险。"

I医生没有跟家属说明情况，而是仗着医生的裁量权打算采取这种疯狂的方式停药。小惠的父亲说："事到如今，我觉得I医生有点奇怪。"精神保健福祉师点头赞同，护士长劝说他们更换主治医生。

报警后没有了接收医院

小惠的父母同意更换主治医生。10月23日，他们到警察局，给警察听了此前一系列事情的录音。刑警听后脸色变了："最重要的是保护你家女儿的安全。马上把女儿从医院里接出来，哪怕撒谎也不要紧。"父亲在23日晚上谎称"小惠的祖母重病"，向医院申请暂时出院，带走了小惠。小惠遭受暴力对待而受了惊吓，精神状态一直不稳定，就在被接出来前，她还处于身体约束状态。父母害怕她做出自伤行为，所以没有带她回家，而是三人一起到警察局，在一间有沙发的会议室过了一晚。

那天，刑事科和生活安全科为了确定小惠接下来转院的医院，一直在给熟悉的医院打电话。但当时已经过了下午5点，被视作救命稻草的地方保健所的电话没有打通。刑警们给千叶县精神科医疗中心（千叶县美滨区）打去电话请求协助。这个中心在第3章中曾提到过，是日本第一家精神科急救专门医院，成立于1985年。该院内部有"精神科急救信息中心"，24小时接收千叶县内精神科的急救信息，也给重症患者介绍能够接收他们入院或处理他们病例的医院。但对于小惠的情况，医疗中心始终严格按照规定处置，这让刑警们感到十分焦急。下面是医疗中心记录下的警察和医疗中心电话沟通的部分内容。

10月23日19时23分～20时9分（该时间段内记录的摘要）

警察F：能介绍一家医院吗？当事人现在平静下来了。她家人还有警方这边都想尽可能避免同S医院打交道。

中心：本人平静下来了，要是能等到白天，就不属于急救范围，所以中心难以诊疗。而且根据检查结果，也可能看过门诊就结束了。

警察F：没有能够接收她住院的方法了吗？

中心：一般来说，转院事宜由两家医院一起处理。如果家人想自主寻找医院，能够与中心商量，但商谈只是在工作时间受理。一些情况下可能需要介绍信。

警察F：我们从N保健所拿到了一个手机号码，但没有打通。请你告诉我I保健所的手机好吗？我从前在千叶中央警察局工作，虽然没有遇到过这种情况，但要是有事发生，千叶市保健所会直接过来。N保健所说过了17时15分，所以无法安排处理。

中心：我们这里也没有I保健所的号码。

警察N：换了个人听电话。现在只说没办法、没办法，解决不了问题。请你告诉我们应该怎么办。当事人曾在家里喝过洗涤剂，要是让她这样回去，万一发生什么，你们能承担责任吗？

中心：假如存在风险的话，请警察先行照看，明天白天再找S医院商量。

警察N：我们这里照看不了。今天晚上S医院值班的是I医生，和他根本讲不通！不需要你解释为什么不能。我从刚才就讲了，告诉我你们能做什么！你是要承担责任的。

中心：（和值班医生商量后）当事人现在是暂时出院，她和S医院有治疗契约，万一发生情况是S医院的责任。因为这涉及S医院的管理机制,所以请明天白天再商量。

　　警察N:从没见过这样的。这是你的决定吗?你的名字是?

　　中心:这是与值班医生以及其他接线员商量后的回答。

　　警察N:和你讲不明白。请让你的上级接电话。其他谁都可以,请换个人听电话。

　　之后,中心其他的接线员接听了电话,但只是重复相同的问答。

　　想要转院就不能暂时出院,必须在S医院办理出院手续。明白了这一点,24日早上,小惠父亲给S医院打去电话,把想让小惠出院的想法告诉了院方。这天白天,小惠在父母和警察3人的陪同下再次前往整形外科,查看拇指骨折的情况。为了获得能作为遭受暴力对待证据的诊断书,小惠给医生看了身上的伤势。医生确认小惠小腿和腰部有淤青,并在病历上写下:"遭到殴打?有少许内出血的痕迹,正在消失。"已经过去10天,遭到殴打当时的面部肿胀和嘴唇受伤都好了,所以没有被记录在案。

　　小惠拼命压抑着内心的焦虑,不给保护她的父母和警察添麻烦。她拼命压抑着自己想要叫喊的冲动。那天下午,小惠和父母还有警察直接去了千叶县精神科医疗中心,他们心中多么希望能够找到救命稻草。

千叶县精神科医疗中心也不接受住院, 同时调查中止

　　但是,中心的负责医生认为"不适宜住院"。给小惠检查的医生在病历上记录有"意识清醒,沟通良好,心情正常,意识正常,抑制冲动良好,无自我障碍,无知觉不全,无思考障碍,无记忆障碍,无认知障碍"。在治疗方案一栏写有"回经常就诊处。检查时患者平静,因为本人保证不再有自伤行为,决定让她返回家里"。小惠此时不想给身边的人带来麻烦,因而拼命地装出平静的样子,面前的医

生丝毫没有感觉到事态的紧迫性，不得不说他真的有眼无珠。

负责医生究竟看到了什么？眼前只是一个编造出主治医生施加暴力的谎言，同时把父母和警察耍得团团转的女性患者吗？据负责医生说那天他咨询了S医院的医生（没有说医生的名字，但周六这天I医生在S医院）小惠的病情。S医院的医生告诉他"没有住院的必要"。似乎这对负责医生的判断产生了不小的影响，但S医院医生（恐怕是I医生）的看法和事实情况十分矛盾。为什么I医生会让一个不需要住院的女性长期住院呢？患者到前一天23日才因为"家人重病"暂时出院，此前为什么会一直受到身体约束呢？

小惠的父母大约一周几乎没有睡觉，已经超过了体力负荷。此时哪怕带小惠回家，也无法24小时不间断地照看她。小惠可能会趁着他们打瞌睡时自杀。想到这里，他们感到害怕，没办法下决心带她回家。

"在找到医院前能否看着我女儿？"父亲多次央求警察。但是警察也没有余力24小时一直照看，父亲的请求没能如愿。剩下的办法只有一个：再回到S医院住院。

S医院要求他们"撤销报案"，这是重新住院的条件。小惠的父母不得不同意这个条件，警察停止了搜查。小惠坐在车上一直哭，她将回到刚离开一天的S医院。

"我不要。我不想回去。我绝对不会再自己伤害自己，我不要回去！！"

父亲也一边开车一边哭。"我也不甘心。但小惠，即便你答应不再自伤，回到家你又会那样做的吧。之前也是一样。I下个月中旬会辞职，在此之前会换另外的医生，绝对不会让I医生再碰你。我会尽快找到其他医院，请你原谅我。"

假如那天找到了能够接收小惠的医院，警察就会对I医生和S医院迅速展开调查吧。但是千叶县精神科医疗中心墨守成规、不近人情的做法让事情的走向发生了改变。

转院后竟戏剧性地恢复

　　I 医生按照约定，11 月中旬辞职离开了 S 医院。父母每天可以在有限的时间里探望小惠。但即便更换了主治医生，大量服用多种药物的状况也无法马上改变，小惠依然遭到身体约束。探望时，小惠低着头无精打采，也不说话，目光空洞，同时手还不停抖动。父母每次都不得不面对这种状态下的女儿。日子一天天过去，仍没有找到转院医院。到了 2016 年，新的主治医生尝试了减药，但也许因为操之过急，小惠的状态仍不稳定。

　　"再这样下去小惠就没救了。"父母在 2016 年春天拜访了一位综合性医院（以下称 N 医院）里经验丰富的精神科医生，他们是在一次演讲上得知这位医生的。这位精神科医生在掌握了事情的前因后果之后感到十分震惊，答应他们一旦有空床位，会马上安排小惠住院。2016 年 8 月，小惠转到位于千叶县北部的 N 医院。

　　此次住院过程对小惠的父母来说充满了惊喜。首先，精神科医生给他们详细解释了治疗方案和药物的副作用。小惠本来几乎不需要用药，院方接下来会逐渐减少药量以保证平稳过渡。此前小惠没有接受合适的医疗，一直处于不稳定的状态，因此为了她的安全需要暂时使用隔离室。虽然也需要采取身体约束，但在医生和护士得当的支持下，小惠的状态逐渐好转。可以在白天探望她了，也能保证探望时间足够，主治医生和负责的护士会向小惠父母详细说明小惠每天的变化。身体约束期间可以见面，工作人员时时为她着想，在探视时为了让小惠方便说话，会解开她手部的约束。

　　N 医院并没有对小惠采取特别的处理方式。不把精神疾病患者当成傻子，也不拒绝家属正当的探望请求等，能够做到这样正常处置的精神科不是很多，苦恼于找不到以患者为中心、得不到恰当医疗的患者、家属却有很多。小惠和她的父母在 S 医院遭受的痛苦仿佛天经地义似的，到 N 医院得到了理所应当的医疗，他们才有了天壤地别的感受。

开始讲述自己遭受的各种各样的迫害

转院后不久，小惠的父亲重新向警察报案。小惠在 N 医院能够放宽心，减药治疗也产生了效果，情况稳定下来后她的记忆也恢复了。2017 年 1 月，小惠在病房里向警察讲述了事情的经过，时间长达 4 小时。遭到 I 医生拳打脚踢至少有 4 次，她还告诉了警察自己被打时在场的护士等工作人员的姓名。小惠不是在单方面地斥责 I 医生的暴力行为，而是冷静地陈述出暴力发生的前后经过，也包括自己当时的行为。

事件经过记录上记载了发生于 2015 年 10 月 14 日的一次冲突。小惠见到 I 医生，内心感到十分恐惧和绝望，当时她想要夺过 I 医生携带的钢笔用来自伤。"要是把笔刺进身体，受伤了就能离开医院了。"小惠指控当时她的面部和身体遭到 I 医生多次激烈殴打。这应该就是 I 医生承认的"打了 20 多下"那次。

就算是为了阻止患者的自伤行为，对着年轻女性的脸殴打二十多下也有违常理。更何况 I 医生还会强制要求她做力量训练，她若没有照做，就会遭拳打。医护人员甚至对她用过摔跤招式。小惠看到进入隔离室的 I 医生会异常发作的原因，恐怕在于遭受 I 医生的暴力所产生的创伤反应。此外，还有护士对她使用过肩摔。

小惠右手拇指骨折也非常有可能发生在 10 月 14 日的冲突中。但是小惠的父母只关注到与 I 医生提到的"打了 20 多下"相符的脸部和身体伤势，时隔一年重新向警察提交的报案材料中没有写拇指骨折的事情。因而警察在调查事件经过时没有询问拇指骨折的情况。

小惠在 N 医院住院期间写下的笔记。"每次被绑都会被医生打""医生检查时总是被打"。在 N 医院接受减药治疗后，小惠回想起了发生在 S 医院的恐怖经历。心灵的创伤阻碍了顺利康复的过程。

　　小惠说她遭到 I 医生精神上的暴力。患者服用大量抑制幻听、妄想的抗精神病药会产生十分口渴的副作用。开始喝水就会停不下来，血液中的钠浓度（盐分浓度）就会下降，引发低钠血症，有死亡风险。这种状态被称为"水中毒"，需要对患者的水分摄取进行限制。

　　小惠也在住院期间被限制饮水，有时会因受不了跟 I 医生哭诉，医生对她说"喝尿吧"，小惠没办法只能喝了自己的尿液。虽然防止水中毒需要限制水分摄入，但 I 医生的做法丝毫没有人权意识，把患者玩弄于股掌之间，甚至施加压力造成其情况恶化，还以此为乐。

　　小惠之前一直擅长画画。她给朋友和认识的人画头像速写送给他们，深受大家喜爱。但是到 S 医院住院开始过度服药后，她就只能写下像幼儿一般的文字和画。这是受到了过度镇静、手抖等副作用的影响。I 医生对小惠的诊断是"抑郁"加上"轻度认知障碍"，并报告了千叶县精神科医疗中心等处。她的父母之后向多所医疗机构请求了信息公开，从这些材料中可以明白事实经过。I医生为了隐瞒不适当处方所造成的负面影响，把一切归结为小惠患有认知障碍，但小惠并没有认知障碍。

随着N医院减药治疗的推进，小惠不光表情和动作恢复正常，绘画和文字能力也逐步恢复。出院时为防不测，院方只保留了抗焦虑药物和安眠药，但也会在不久的将来减少为零，不再服药。可是小惠因为在S医院遭受的各种虐待，心灵受到重大创伤，又患上其他精神疾病。这在后文中会详述。

因暴行嫌疑被移送检察机关，最终以不起诉告终

2017年，警察以实施暴力行为为由将I医生移送检察机关准备提起公诉。以暴行嫌疑而非伤害他人提起公诉，原因可能在于上文提到的没有包含拇指骨折的损害。但后来小惠告诉父亲"和医生肢体冲突的过程中被抓住了拇指"，这也是减药恢复过程中想起来的一件事。

即便早些得到这项证词，也难以证实I医生故意扭伤小惠的手指。但I医生的行为存在疑点。2015年10月16日，小惠治疗拇指伤势的整形外科在病历上写有"右手拇指被门夹了"。可是小惠和她父母都没有告诉医生是如何受伤的。父亲说："我们不知道怎么受伤的，小惠接受检查时I医生也在，可能是由于害怕，她什么也没说。只能认为是当时不明原因先行一个人进入诊疗室的I医生说的。"真要是手被门夹了，和之前食指受伤时一样，皮肤或者指甲上会留有明显的伤痕，但是骨折的右手拇指"完全没有那样的伤痕"，小惠的父亲肯定地说。

2017年7月，I医生没有被起诉。小惠的律师说："检察机关解释说无法认定其暴行。"医学诊断是在小惠受伤10天后做出的，脸上的伤已经好了。父母当时很快撤回了报案请求，且遭到侵害后小惠又回到S医院住院，这些也许都影响了最终结果，导致了不起诉决定。小惠的父母正在考虑民事诉讼。

2018年1月，小惠从N医院出院。从"医源性疾病"中康复花费了一年半之久，还需要负担本来没有的高额医药费。I医生和S医院的不适当医疗所造成的后果由小惠父母以及社会来买单。

I医生为什么会失控呢？曾经在S医院工作过的职员说："I医生会像亲人般照顾患者，有点性情中人的感觉。所以也有患者十分仰慕医生。但他对发作的人十分严厉，会采用暴力压制。因此当I医生为发作的患者诊疗时，除了需要控制住患者的工作人员，还需要有人拉住I医生。"

被打了就打回去。也许其本意是想让患者尝尝被打的痛，但因为医生自己不适当的治疗方式将患者逼入绝境，医生的热血之拳被置之不理、不加控制，并且反复上演，未免太过自私了。

I医生在2017年开了自己的诊所。但在我约好面对面采访的前夕，也就是2018年6月，I医生突然以"健康原因"为由关掉了诊所。要是突发疾病或遭遇事故的话，应该先"休诊"才是，怎么会一下关闭了呢？

正在诊所看病的患者们没有得到任何信息就被扔在一旁不管。患者们甚至拿不到介绍信，无法到其他医疗机构就诊，面临着中断服药的危机，地方保健所昼夜疲于应对突然而至的患者诉求。

小惠得了新病

N医院的主治医生在小惠出院时说"已经不需要服药了"。为保险起见，保留了少部分药，但也会减少使用直到停用。小惠重新恢复了原来的生气，不再自伤，还开始画自己喜欢的插图，也开始和朋友一起出门。父母认为"应该没问题了"。

小惠和父母都认为要把此前的经验用于帮助他人，通过本地的家属会帮助深陷不适当精神医疗而痛苦的人们。可是当小惠听了受害者的经历，她的心也开始痛苦起来，她想起了 S 医院的恐怖经历，心理创伤仍然没有痊愈。

她开始随身携带装满水的塑料瓶，当脑海里涌上无名的恐惧和焦虑时，她就一下把水全部喝完。2018 年 4 月，她在 N 医院看病时发现血液中钠浓度明显处于低水平，情况十分危险，马上办理了住院。

小惠在 S 医院住院时最大的压力来自口渴。"有压力"到"多喝水"再到"压力得以排解"，小惠产生了不健康的心理弥补机制，这种状态也可以称之为"水依赖"。因而，她产生了没有服用会导致水中毒副作用的抗精神病药物，却陷入水中毒状态。

N 医院的诊断从上一次住院的"抑郁症"改为了"解离症"。小惠变得有时想不起来部分记忆，有时感觉自己并不是自己。这个病症产生的一大原因被认为是过度的压力，小惠的病症来自 S 医院的压力和创伤。

紧急住院后，小惠摆脱了水中毒危机，身心快速恢复起来。克服心理创伤需要时间，也许未来还会出现反复。即便是这样，小惠也会在终于找到适当疗法的帮助下，以及身边他人的支持下，重新开启自己的人生。

"虽然经历了痛苦，但只是怨恨医生和医院，也无法向前看。我把这种经历当成是认识社会正反面的一次机会，希望能够对我今后有帮助。我想考取职业资格后，从事帮助弱势人群的工作。"

但之前所述的问题不能够以期许受害者能够幸福生活为结尾。患者和家属的人生被严重打乱，罪孽深重的精神科医生和精神科医院却总是能够逃脱，这正是日本社会人权意识低下的一大例证。这样下去无法防止悲剧重演。

第 7 章　患者爆出药物临床研究造假

圣玛丽安娜医科大学医院（川崎市宫前区）不断被指临床研究存在不端行为，这源自精神科医生的为所欲为。

2015年4月15日晚，生活在神奈川县的一位名叫中村佳奈（化名）的30多岁女性正在忙着做家务，随便打开的电视里播放的新闻节目突然引起了她的注意。画面中出现的医院好像有点熟悉，正是直到3年前，她持续看病2年的川崎市的圣玛丽安娜医科大学医院。

NHK和其他民营电视台都在报道这则新闻，内容是大学医院的神经精神科医生被爆出违规取得"精神保健指定医师"资格，厚生劳动省决定取消他们的资格。精神保健指定医师可以决定患者是否有必要接受强制住院和隔离、身体约束等。违规的医生抄袭了其他医生诊治患者的记录，并提交给国家审查以获取资格，这种有组织的造假十分恶劣。最后被取消资格的包括在申请中造假的医生11人，还有他们的指导医生12人，共计23人。

中村女士看到这则新闻后很受打击。虽说认识的医生们参与造假，但只要不是和自己的治疗有直接关系的话，也许只是单纯地感到惊讶。可当时中村女士心里乱哄哄的，涌上一股不安之感。

"我参与协助的药物临床研究是否正规呢？假如我的认知能力检查等数据也遭到恶意使用了呢？"

因直觉引发的疑问并非杞人忧天。在这之后，曾经的患者揭露出治疗药物的临床试验造假丑闻，上演了一场前所未有的追究医生和大学医院责任的对台戏。

医生和医院面对追责焦头烂额，谎称"已经销毁原本"

2015年7月1日，中村女士给医院打去电话，说自己看到了新闻，过去治疗时的主治医生、准教授（当时）也是被追究责任取消资格的指导医生之一，因而内心感到十分不安。

"违规取得精神保健指定医师资格，已经让我无法信任你们。我不想自己的数据被恶意使用，请把我的数据从参与协助的临床研究里删除。"

国家对研究伦理原则有规定，以人为对象的治疗药物等临床研究要保护参加患者的人权和安全。这项研究实施时的伦理指针有如下原则：

"本实验收到被实验者对于个人信息等相关投诉、询问时，努力做到恰当且迅速地回应处理。"（2008 年 7 月 31 日全文改版的《临床研究有关伦理指针》）

中村女士于当年 8 月再次通过电话和面谈与医院沟通。接待她的大学医院医疗安全管理室工作人员把要求删除电子数据的中村女士当成是来找茬的，中村女士的要求本应是被实验者当然的权利。工作人员竟恼羞成怒地说："你要是来硬的，我们会考虑作出回应。"中村女士的不信任感越来越强，她又要求阅览自己多次接受的临床研究认知能力检查的原本。到了 8 月 24 日，她收到来自医院令人惊讶的答复：

"按照您的要求，我们将原本用碎纸机全部销毁了。"

本该一个月治好的应激反应……

后来发现，医院的答复完全是谎言，我们先来看一下事情经过。中村女士到神经精神科就诊，被诊断为精神分裂症，因而参与协助抗精神病药的临床研究。我们先要了解诊断本来也存在疑点。

中村女士大学毕业后找到一份需要英语的工作就业，她的英语十分熟练。2009 年她继续深造，前往国外知名大学留学，但因为对环境不适应，又遭到种族歧视而产生心理压力，半年就回国了。她回家后虽然从被歧视的痛苦中解脱出来，但还是无法摆脱遭遇挫折后的不甘以及无力感，陷入了轻度抑郁状态。心有不甘的她重新在日本开始工作，因为连续的高强度工作而消耗身心，2010 年 9 月她的言谈开始变得有点怪。

"我感觉其他人总是在盯着我。"

"我感觉坐电车时也被人盯着。"

"别人不知怎么，知道我内心的想法。"

这些都有点妄想性，但也不是完全让人无法理解的怪话。这不是以古怪妄想和幻听为主的精神分裂症的症状，而很可能是由于过大压力导致的暂时性混乱（反应）。这种情况下只要压力消解，症状自然就会缓解。正因为这样，精神分裂症的诊断标准（DSM‑5）才会设置缓冲期，从症状出现到确诊至少需要 6 个月。

中村女士当年于 10 月 23 日到圣玛丽安娜医科大学医院就诊。初次诊疗的医生诊断为"短暂精神病性障碍征兆"。感受力强的人遭受压力时会产生这样的障碍，这与妄想等精神分裂症有相似的症状，但 1 个月内就可以恢复。中村女士 9 月罹患障碍，初次诊疗时已经处于恢复过程，这应该是医生当时的判断。

但是 6 天后再次就诊时，为她诊疗的准教授认为中村女士患上了精神分裂症。9 月表现出症状的话，此时才过去大约 1 个月，应该无法得出确定的诊断。但是，要是将中村女士回国时因压力和挫折感所导致的轻度抑郁状态硬是解释为精神分裂症的前驱症状（发病前表现出的前兆症状）的话，那么关联症状出现已经过去了半年以上，达到了诊断标准。

虽然不确定准教授以什么为根据诊断出精神分裂症，但在没有准确检查方法用以帮助确定诊断的精神科，精神科医生通过扩大解释和牵强附会便能够强行做出诊断。一旦被确诊为精神分裂症，医生会告诉患者"这病一辈子都无法治愈，需要一直服药"，"不吃药的话就会恶化"。即便妄想和幻听只不过是暂时性的症状，患者此生仍需一直服药。

诊断出"精神分裂症"后决定协助研究

准教授在诊断出中村女士患有精神分裂症的同一天，让她服用抗精神病药物，并且请求她参与协助观察药物效果的临床研究。中村女士想着"能够帮助社会"，于是答应下来。

这项研究名为"第 2 代抗精神病药 blonanserin 对初发精神分裂症患者认知功能障碍治疗效果——与 aripiprazole 的临床比较实验"。该实验以初次发作患者为对象，比较 2 种药物对患者认知功能的改善效果。2 种药物分别是大日本住友制药的抗精神病药布南色林（商品名罗纳森）和大塚制药的抗精神病药阿立哌唑（商品名安律凡）。

这不是以药物制造上市为目的的治疗实验，而是为了调查已经上市贩卖药物的新效果的临床研究，参与患者均使用公共医疗保险。这项研究如果能够得出良好的结果，论文会受到关注，药物的销路也会扩大。精神分裂症除了幻听、妄想、意欲低下等症状，还容易出现记忆力和注意力减退等认知功能低下。如果能够证明药物对于改善这部分症状有帮助的话，那么这将成为罗纳森的一大卖点。

研究计划从 2009 年 2 月开始，到 2012 年 1 月结束。预定比较各 20 例患者，共计 40 例。研究时间中途延长到 2016 年 1 月底。

中村女士决定参与项目时被告知的是接受 2 次检查，分别在第一次用药时和用药 8 周后；但跟踪的时间不知道何时延长了，到 2011 年 11 月为期一年。她最终共计接受了 4 次检查，有认知功能检查和验血。中村女士不记得同意过增加 2 次检查，只是顺应当时的情况继续参加了研究。

没有同意书也不用随机数表，不当操作一个接一个地暴露

回到大学医院那让人诧异的回答："按照您的要求，我们将原本用碎纸机全部销毁了。"中村女士要求删除的意思是从正在分析的研究数据中删除自己接受检查的数据，以及删除自己的电子病历里后加的有关这项研究的检查数据，而并非粉碎检查文书本身。对于资料本身，她很明确地告诉医院"我想看一下"。

可为什么院方还是随意销毁了原本呢？而且还说是"按照您的要求"，如同儿戏一般。准教授像是想要掩盖什么似的，其中有什么给别人看了会产生麻烦的内容吗？中村女士内心的疑问驱使她找了其他医院的医生咨询。我得知来龙去脉后也开始给她提供帮助。

中村女士首先又重新看了手头上的临床研究说明书和同意书。同意书上以医院院长的名义写着"同意参与本次临床试验的决定可以随时撤回，撤回时会确保参加者不蒙受损失"。参与的患者若有疑问，要求删除数据的话，应该得到迅速的回应处理，而不是恼羞成怒的对待。

而且记载同意事项的说明书中明确写着"预定参加时间共 8 周"。中村女士同意参加研究的时间段毋庸置疑就是 8 周。可是准教授在没有得到中村女士同意下随意延长参加时间，让她参与了一年。这种行为明显违反了伦理指针。

接着，中村女士要求医院公开这项临床研究的实施计划（协定），该文件包含该项研究的目的和方法。在展开临床研究时必须制订实施计划，并且得到所属大学等设立的伦理审查委员会的认可。研究必须按照实施计划的内容进行，变更的话需要另行办理手续。

这项研究的内容是比较 2 种药物的效果，所以医生必须将参加的患者均等地、随机地分开，分别让他们服用 2 种药物。如果故意将看起来可能更容易康复的患者都分到一起，那么他们所服用的药物很显然会显得更有效果，无法公正地比较 2 种药物。

中村女士拿到的实施计划上写着将 2 种药"运用随机数表随机地分为 1∶1 的 2 组"。然而，根据中村女士的回忆，准教授在分药时并没有使用随机数表，非但如此，还当着中村女士的面随意地决定她要服用的药物。

中村女士证实说："准教授轻佻地说'你得的病是叫精神分裂症'，说完便在手中的备忘录上写出了 5 种还是 6 种药物，然后在罗纳森上画上圈说：'吃罗纳森吧。'准教授单方面地指定了药物。"

准教授身为研究的主要负责人，轻易地打破了自己制定并通过大学伦理审查委员会审查的实施规则，研究伦理在他的词典里似乎不存在。

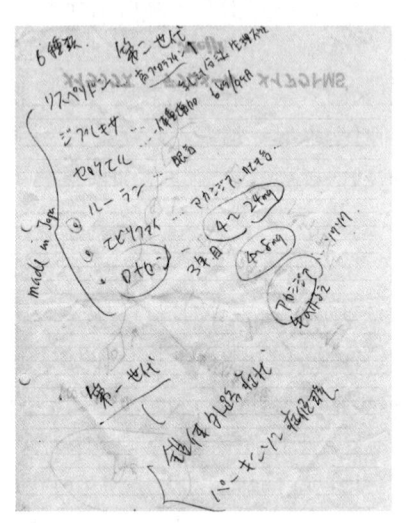

解释临床研究时准教授写下的笔记。患者用药本来必须随机分配，准教授却随意圈定了罗纳森。

还存在篡改电子病历的问题

如同上述，中村女士被诊断为精神分裂症本身就存在疑问。她没有幻听，只有轻度的妄想性发言，后来为中村女士诊断的多名医生都表示"不是精神分裂症""甚至称不上精神疾病"。她放弃了服药，现在没有任何症状，正健康地工作着。

但是精神科医生一旦做出了诊断，之后再更改就不是一件容易的事了。即便如今没有精神分裂症，医生会称"当时发病了，经过适当的治疗已经康复",没有诊断时客观的检查数据,所以医生的说法无法验证,更改结论也就无从说起。虽说真患有精神分裂症的患者,也不应当这么容易就治好。

精神医疗存在着让人无奈的模糊性,这让缺乏技术和真诚的精神科医生能够存活下去,而阻碍了真心对待患者的医生。

假设中村女士的症状是压力影响下的短时间反应,那么她的认知功能本就没有问题,哪怕一段时间放任不管也能够恢复。准教授把这样的患者拉入临床研究,便可以通过调整药量,防止出现严重的副作用,而后把自然恢复的能力伪装成药物的效果。虽然我并不愿意把这些当成医生恶意为之,但这项研究过于随意,确实让人不得不产生以上怀疑。

公开的电子病历也有数处违规修改的痕迹,病历遭到了篡改。大学最初只允许通过电脑阅览公开的电子病历,但因为中村女士对这样的处理方式并不相信,大学后来交给她打印版。

电子病历在输入确定后,医生可以修改错别字等。但为了防止恶意篡改,所有修改历史都被记录下来。中村女士收到的电子病历的打印件上也有修改历史,能看到准教授后来添加的部分。篡改发生于 2015 年 7 月,正是中村女士给大学医院打电话,表达了对临床研究的疑问之时。

准教授让中村女士参加临床研究那天(2010 年 10 月 29 日),电子病历上最初写着"解释了罗纳森初次临床研究情况,签署了同意书"。准教授后来将其修改为"解释了抗精神病药的初次临床研究情况,患者本人签署了同意书"。要是保留最初版本的话,可能会成为他单方面建议服用罗纳森的证据,所以准教授慌忙之下做了修改吧。

中村女士参加研究的 2 天前,即 10 月 27 日,她的母亲一个人见了准教授,咨询女儿的病情。那天的电子病历最初写着"跟患者母亲谈了一点研究的有关情况"。10 月 23 日初诊时,别的医生诊断为"短期精神病性障碍征兆",可准教授在没有直接为中村女士看病的情况下,还是要求家属同意患者参与精神分裂症的临床研究。也许是在中村女士开始追究此事后,准教授重新阅读病历时发觉了这不对,于是在写下病历的约 5 年后删除了"谈了一点研究的有关情况"。

在没有得到患者同意的情况下擅自增加认知功能检查和验血的当天(2011 年 5 月 12 日和 11 月 10 日),电子病历上分别加上了"说明了实施内容后得到同意""得到患者同意实施检查"的字样。

承认"撒谎"并谢罪

在中村女士的追究下,一个个违规行为遭到曝光,将准教授和大学都逼入窘境。违背研究实施计划也没有随机分配样本的研究已经无法成立,这项研究气数已尽。此时准教授和大学才承认此前称已经销毁原本完全是谎言。不仅是准教授,多名大学的工作人员串通一气。

2015 年 12 月 21 日晚,准教授在大学里直接向中村女士道歉。

"销毁原本一事十分抱歉。本来心想用碎纸机销毁后就可以让您放心。用碎纸机销毁不是我出的主意,而是 4 个人商量后共同决定的。除了我以外,还有医疗安全管理室的两人和研究生院研究推进科的一人。我们觉得您是担心数据,所以认为要是销毁原本就会让您放心,从结果上看就是撒谎了。您感到愤怒也是理所应当,因为我们说用碎纸机销毁了,没有说出实情。我和顾问律师商量时他也劝我应该说实话,所以今天说出实情。真是抱歉。"

准教授道歉后把原始数据的副本交给中村女士。后来她在详细查看了认知功能检查的记录后,发现了多个评价方式存在疑点,她也将此事告知了大学。

还从制药公司收取大额酬劳

这项研究存在的疑点不止于此。随着中村女士调查的深入，更多问题被揭露出来。利益相反问题就是其中之一。担任研究主要负责人的准教授仅在 2014 年一年，从销售罗纳森的制药公司取得咨询等业务委托费 1280762 日元、讲师酬金 1113706 日元、稿酬和主编酬金 77959 日元，共计 2472427 日元。准教授没有将这部分收入报告给大学。

这项研究的实施计划和实际研究内容相悖，除了上文提到的准教授指定药物以外还有其他问题。为保证研究的中立性，实施计划规定认知功能检查的一部分"由熟悉本项检查的主治医生以外的其他医生或临床心理师采取盲检手法实施"，"主治医生之外的其他医生在盲检下评价结果"。简单来说，就是"由不知道患者服用的是 2 种药物中哪一种的医生和临床心理师实施检查"。

可是中村女士证实说："检查是准教授为代表的医生实施的，他们很清楚实验的内容。"病历上也有能够证明此事的记录。

更何况这项临床研究从登记开始持续了 4 年以上，极为不寻常。需要患者服药进行的临床研究必须在实验开始前将研究计划等信息登记在"UMIN（大学医院医疗信息网）临床实验登记系统"等专业数据库。国家要求登记研究伦理指针，普通人可以使用电脑和手机查看登记情况。

登记措施不仅可以让研究者在计划临床研究前确认是否已经有同样的实验。事前登记实验内容，向公众公开信息，如果药物无效也需要报告。这样做能够防止产生只有有效药物的研究才会公开的情况，维护数据的公正性和有益性。所以近年越来越多的医学杂志开始不录用使用未登记的临床研究数据的研究论文。

2009 年 4 月起研究伦理指针修订版施行，要求在日本进行的研究也必须进行事前登记。准教授的临床研究于同年2月开始，适用修订前的研究伦理指针，可以不进行登记。

但是实验开始后不久指针就修订了，正常做法是尽快进行登记。为什么直到2013年都没有登记呢？准教授向中村女士解释说"忘记了"，但2010年他却在UMIN的数据库登记了其他临床研究。他应该明白登记的重要性。

2013年登记实验的时候，研究已经取得了服用罗纳森的被实验者数据。因而中村女士认为"他想视实验结果来决定是否进行登记"。

大学决定终止研究，国会也进行抨击

2016年初，圣玛丽安娜医科大学召开生命伦理委员会会议，决定终止这项粗制滥造的研究。接着，大学成立包括律师等大学外部有识之士在内的调查委员会，负责回应中村女士的要求以及调查研究内容。

这个问题在国会进行了讨论，我的网络专栏记叙了事件的详细经过，专栏文章在参议院厚生劳动委员会上被作为材料分发。当时维新党的川田龙平先生质询国家的处理情况，厚生劳动省医政局做出回应，表达了调查对象应该扩展到其他医生的想法："我们将指导有关调查并确保调查稳妥进行，不仅调查您所提到的事例，还将对受到取消指定医师资格处分的所有医生参与的研究展开调查。"

2017年1月，圣玛丽安娜医科大学的调查委员会在国会压力下完成了共计41页的调查报告。报告证实中村女士打算追究的所有事项确有问题。报告书的内容概要如下。

首先关于篡改病历。中村女士提出病历遭到了篡改，大学校长询问了准教授修改的意图，虽然他辩称把病历"好好地重写了"，但也坦言"从没想过修改历史也会被打印出来"。关于准教授增加、删除的词句，调查委员会认为"把布南色林（罗纳森）改为抗精神病药一事是为了掩盖没有随机分配 2 种药物，从开始就打算用布南色林"，"针对没有得到同意就延长临床试验一事，是为了看起来像已经获得了同意而改写的"，根据以上报告得出的结论为病历"已经不能算修正而是篡改"。

关于捏造用碎纸机销毁原本一事，调查委员会从多名有关人员处得到了证言，"（告诉中村女士已经销毁了）是觉得能让她放心"，"她提出删除数据，所以如果说（原本）没有了她可能会放心"。委员会据此严厉指出"大学在指导监督责任上难辞其咎"。

有关实施计划和实施内容之间的相悖和数据的收集方法，调查委员进行了详细的调查，新的问题不断浮出水面。中村女士以外，还有患者在没有同意的情况下被拉进研究，参加其他研究的患者数据被用于该项研究，同时服用其他抗精神病药物的患者也被算在研究范围内。完全是恣意妄为。

通过彻底调查，其他临床研究也被终止

这项研究的研究计划中本来写着要公正地比较 2 种药物，结果却只针对罗纳森恣意地选取患者（一年期内完全参与者 10 例）服用，后来追加了服用安律凡的患者（10 例）。研究甚至没有取得服用安律凡的患者的书面同意书。至于服用罗纳森的患者，研究均没有取得他们有关延长试验的同意书。

研究从开始便脱离了实施计划，准教授解释说让患者服用罗纳森的理由是"（自己带的）研究生写学位论文时偏向了罗纳森的服用人群"。这篇学位论文一言以概之，"罗纳森具有改善精神分裂症初发患者的认知功能的效果"，论文还使用了中村女士前 8 周的检查结果，用以证明罗纳森的药效。从内容上看，对促进罗纳森销售十分有效。研究被揭露出数不胜数的造假问题，最终被终止，而以此研究为基础的这篇论文也被撤回。

调查委员会重新试算了论文中的数据,发现了许多错误数值。认知功能检查的计算方法也有古怪,正如中村女士在看到原本后指出的一样。委员会也在报告中严肃指出了问题:"没有慎重处理重要基础数据,处理方式无异于杜撰"。这篇论文还进入了准教授作为撰稿人的日本神经精神药理学会的《精神分裂症药物治疗指针》的参考文献,在事件被揭发后,学会被迫修改了内容。

大学也进一步对神经精神科医生近年开展的其他 21 项临床研究展开调查,发现其中 6 项临床研究存在"药物分配的问题",于是终止了这些研究。

准教授从销售研究中使用的抗精神病药物的制药公司那收取讲座费等大额报酬。调查委员会在报告中指出"没有找到明显证据证实收取讲座费影响了实验结果",但"根据现有情况也无法消除此种怀疑"。大学拿出了改革措施,更改了利益相反的管理规定,从此前的自主申报改为哪怕收入 1 日元也要如实报告,并将临床研究数据交由校内数据中心单独管理等。准教授被惩戒免职,2017 年春离开了大学。

《临床研究法》的施行对精神科的伦理观有益吗?

中村女士现在停服了全部精神药物,健康地工作着。为保护隐私,无法详述她的生活,但她是一位头脑清晰、能够一针见血指出问题的优秀女性,她会用自己的特长为社会作出贡献。

但当她遭受强烈的压力时,似乎很容易陷入一时的混乱状态。中村女士认为,自己该做的是"不要过于投入,在保持惯有状态的同时继续工作"。2010 年的中村女士需要的是这样的应对之法,而不是被贴上生病的标签服药。

从准教授诊断她为精神分裂症到尚在服药的 2015 年末(2012 年 8 月起,到自家附近的诊所看病),约 5 年时间,她因强烈的疲劳感等身体不适症状，一直无法工作。长时间的身体不适很可能与药物的副作用有关。

中村女士靠着自己敏锐的探究精神发觉了诊断中存在的疑点，远离精神科后重获健康。但准教授说"你得的病叫作精神分裂症"，她被植入这样的病识感，身体变得虚弱，因此而失去的时间无法挽回。虽然最终迫使大学承认过失并答应完善防止再发生此类事件的措施，但考虑到她所失去的5年，这无论如何也不足以弥补她的巨大损失。

2018年春，《临床研究法》施行。这项法律的诞生旨在防止近年不断出现的制药企业参与临床研究或操纵研究数据的事件再次发生。法律不仅保护患者，并且要求公开研究资金的来源，还强化了组织架构，设立"认定临床研究审查委员会"，替代原有的各家医疗机构负责事先审核实施计划的伦理审查委员会，建立起能够快速展开观察、监督研究过程的机制。

但即使完善了法律，必然仍存在漏洞。精神科临床研究的诊断很难称得上科学，对恢复程度的判断存在模糊地带，并且容易掺杂医生的主观判断，这些性质都让精神科尤其存在产生研究不端的危险。精神科医生如果不能贯彻高度的伦理观、不能以公正的态度对待研究的话，精神医疗距离科学会越来越远，也将被患者抛弃。精神医疗现场不是通过不当手段取得精神保健指定医师资格的地方。

可在2016年，通过不当手段取得资格的问题席卷全国的医疗机构，89人（其中指导医生40人）受到取消资格处分，正在申请的4人遭到驳回申请的处分。仅仅调查保留记录的5年就发现这么多问题，这就是毫无伦理观的精神科的现状。

第 8 章 "划时代检查方法"的虚实

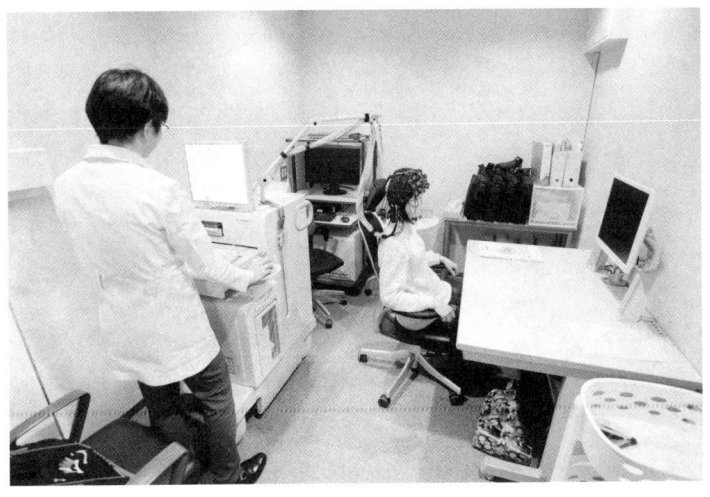

患者头戴多个传感器,正在进行 NIRS 检查。该方法在开发时受到关注,但检查精确度仍存在疑问。(国立精神・神经医疗研究中心医院)

"精神科其实是最前沿的医疗,因为它治疗的都是不明原因的疾病。医生们为了遭受不明原因疾病之苦的患者,向着谜题不断发起挑战。请佐藤先生一定要从这个角度撰写新闻稿。"

这是我采访大阪的大学医院一位处于临床最前线的医生时他吐露的心声。虽是开玩笑的口吻,但他似乎真是这么认为的。

精神科面对的疾病的确都是不明原因的,因为知道病因的疾病都由其他科室治疗。如果发现精神病症的产生是由于内分泌疾病或脑部感染、脑肿瘤、脑血管疾病等原因的话,那么治疗主要由内科或外科负责。

阿尔茨海默病等认知疾病的病因也逐步明晰,所以关于记忆障碍等中核症状①的治疗变成了神经内科的领域。有明确目标物质例如酒或违禁药物的依赖症(物质使用障碍)是精神科要面对的,因为尚未科学地分析出产生依赖此类物质的心理结构。要是研发出只需服用就能够消除依赖倾向的药物,也许治疗依赖症就和治疗生活习惯病一样,会成为家庭医生的工作(试想能够通过药物操纵心灵,这是另一种形式的恐怖)。

精神科治疗的是身体没有明显疾病却深陷原因不明的精神症状而严重阻碍正常社会生活的患者。这类患者的精神症状应该源自同为身体一部分的脑部的不适,只有那些脑部检查也无法准确把握病灶、病因不明的病患才会被留在精神科。因此称精神科"一直处于挑战医疗未知领域的最前线",这个说法也没有错。

虽说如此,但充满未知的精神科有一个巨大的陷阱。那就是把脑部不适看作恒常性的"疾病",还是因为压力或失眠导致的一时性的功能低下。没有客观的检查方法用以区分二者,医生不可避免地因思维惯性发生误诊或过度诊断、过度投药。上文提及的因精

---

① 指脑神经细胞受到破坏而出现的障碍。与之相对的是"周边症状"(BPSD),又称精神行为障碍。

神医疗受到损失的案例大多是落入了这个陷阱，引发人生轨迹的变化。

夸大宣传下登场的 NIRS

　　介绍一个抑郁症的案例。抑郁状态是指提不起兴致、没有干劲的一种状态。很难断定这种状态是由于脑部疾病导致的，还是通过减少身心压力可以恢复的暂时性不适。精神科代表性诊断标准 DSM-5 也无法分辨此种区别，而是根据"抑郁情绪""兴趣、喜悦明显减退""失眠或睡眠过多"等症状的数量、持续时间以及对日常生活的影响程度来判断是否为抑郁症。哪怕有多个精神症状符合诊断标准，只要不对生活产生影响、本人不会因此感到痛苦，那就不会被视作疾病。精神症状严重阻碍生活的情况被认为是"精神障碍"，属于需要治疗的疾病。这种诊断方法完全依靠患者和家属传达给医生的症状、生活状态以及医生对此的理解方式而确定，并不是通过详细检查脑功能诊断出精神疾病。

　　因而抑郁症中多有并非源出脑功能产生的病理性变化，通过心情转变、改善过度疲劳等方式恢复的案例。但是患者被诊断为抑郁症后，医生所开具的抗郁药物是针对脑功能病变（神经传递物质的异常等）研发的，所以当不具有药物所针对的病理性变化的人服用了该药物，不但没有效果，反而可能有严重的副作用。

　　为了防止这样时灵时不灵的药物治疗，精神科最需要的是引入客观准确的诊疗方法。日本的研究开发取得进展，2014 年 4 月纳入医疗保险的近红外光谱成像检查（NIRS）作为精神科首个客观性检查方法（帮助医生准确诊断的辅助方式）在大肆宣传下登场。

在"为时尚早"的疑问中纳入医保

这种检查的对象是被诊断为抑郁症却无法治愈的患者，以及可能患有其他精神疾病的患者（保险适用对象）。患者头戴帽形装置，通过近红外光照射头部前面和侧面，来观察在完成特定题目期间及前后的脑血流量变化。该检查不仅能分辨出因抑郁症状就诊的患者是否患有抑郁症，还能够鉴别精神分裂症和双相情感障碍。报纸、电视和杂志对此大加报道，患者十分期待，也有医疗机构从研发阶段开始接受预约，最长需要等候数月。但是检查的精确度未必很高，很多医生坦言纳入医保"为时尚早"。

下面介绍检查流程，以便读者对 NIRS 有初步印象。患者在检查室戴上装有感应器的帽形装置，根据声音提示，回答出以某个文字为开头的单词。例如听到"da"，就回答"大人、打车、大阪……"。回答出的单词数的多寡并非鉴别时计分的标准。检查共计 60 秒，每 20 秒提示 3 个文字，记录此期间及前后的脑血流量。

被检查者假如患有抑郁症，会比正常人缺乏脑血流量的变化；假如患有双相障碍，脑血流量的高峰将在后段到来；假如患有精神分裂症，脑血流量的增加时刻会产生错位，表现出在回答题目结束后出现增加等不自然的变化。拙作《精神医疗的黑暗面》里介绍了我在群马大学医院体验 NIRS 的经历，可作参考。非常惭愧的是，在检查期间我突然开始思考不相关的事，心绪杂乱，所以脑血流量在中途开始急速上升，没有表现出正常的波形。我不曾患过精神疾病，但非要说的话，脑血流量在后程增加，也许接近双相障碍的波形。2013 年末 NIRS 就要纳入医保之前，我体验了 NIRS，在当时出版的上述书中做了如下总结。不幸的是，后来的发展正中我的预感。

随着 NIRS 的实施机构扩张，也会出现问题。一名年轻男人在医院被诊断为精神分裂症，医生开具了同时包含抗精神病药和抗郁药物的处方，但他对诊断有疑问，于是接受了 NIRS 检查。结果是"呈现出精神分裂症和抑郁症两种特征，服药建议保持现状"。

"我到底得了什么病？"他对此仍感到疑惑，找到其他精神科医生看诊，才知道自己的病是"发展障碍（自闭症谱系）为背景的二次障碍"。通过减药治疗，他逐渐恢复，只需服用汉方药就可以正常地生活。

NIRS 检查本是一种帮助医生准确诊断的辅助方法，却加剧了误诊，这是本末颠倒。救了男人的精神科医生说："NIRS 的适用对象只有 3 种疾病，尚无法分辨自闭症谱系障碍，且在患者大量服用药物的情况下，NIRS 能在多大程度上排除药物的影响还不明确。了解这种检查的限度，只把它当成一种尚待发展的参考方法是没关系的。但因为同时出现了精神分裂症和抑郁症的特征，就断定是这两种病，这种思维如果蔓延开来的话，研究本身可能会以失败而告终。"

研究虽然没有告吹，但在上述批评的声音中批准 NIRS 纳入医保会加剧误诊和过度诊断，担忧的问题还是发生了。北关东的精神科医院的院长证实说，一名与 NIRS 纳入医保密切相关的精神科医生当时曾经表示："这是因为除此之外精神科什么都没有。"没有任何客观的检查方法，这虽然是事实，但也不能让国家给一个精确度不足的检查背书。也有医生认为："那个研究是东大系的医生们做的，他们权力很大，所以不能公开反对。其中也有种种揣摩上意在作祟吧。"在精神科医生大多胆怯不前时，最先发出批评的声音的，是脑功能检查的专家。

测量的不是脑血流而是头皮血流？！

宫内哲先生在国立研究开发法人情报通信研究机构做脑功能的图像化研究，他联合滨松医科大学光尖端医学教育研究中心的星详子教授在《临床精神医学》杂志的 2016 年第 1 期上发表了《对于使用近红外光谱成像技术的精神疾病鉴别诊断有效性的探讨》一文。

宫内先生的论述涉及多个方面，NIRS 测定值里掺杂许多头皮血流以及服用精神类药物的影响没有得到充分探讨等论述即便非专业人士也容易理解。测量脑部血流虽然值得称赞，但事实上多数测量的是头皮的血流。NIRS 测量值里究竟多大程度上掺杂了头皮血流的数据，现在还无从得知。宫内先生和星教授在文章里强调："必须开发切实排除头皮血流数据的方法，以提高近红外光谱成像技术辅助诊断抑郁症的有效性和可信性。"

宫内先生在接受我的采访时还指出："NIRS 的结果有相当大的个体差异，即便同是抑郁症的患者，也有很多人与抑郁症的特征类型有相当大的不同。"

还有就是"报道最多的是不同疾病所呈现出的脑血流特征波形，这些波形是从多个近红外线感应器测定的多个部位中单拿出的最能表现出特征变化的一处数据。问题在于图表看上去好像是将多个部位的数据取平均值，用以表现各种精神疾病有各自的特征性波形。NIRS 一处的数据再现性很低，检查两次有可能出现不同的结果"。

宫内先生接着指出："不拿出有特征的一个部位的数据，而是将多个部位的数据取平均值的情况下，疾病间有特征的波形会变得不明显，正常人也有类似各种疾病的波形。"

NIRS 研究的中心人物的叙述

面对宫内先生的质疑，主要研究如何在精神科运用 NIRS 的群马大学精神科神经科教授福田正人在《临床精神医学》2016 年第 2 期上做出回应。针对掺杂头皮血流数据，福田教授写道："这个问题通过改善测量技术和分析技术应该可以解决。"关于精神类药物的影响，福田教授称："今后需要对此进行充分的探讨和研究，但就现状而言可以说至少没有对前头部的数据产生较大影响。"

福田教授在 NIRS 检查纳入医保后接受了我的采访，承认头皮血流的数据在一定程度上掺杂进检查结果之中，但即便如此，不会影响血流量的整体变化，能够明确疾病之间呈现出不同的波形特征。

果真如此吗？就像有人血液循环好、有人不好一样，头皮的血流量也有无法忽视的个体差异。对于头皮的血液流量过多掺杂进检查的个体，检查不会受到影响，导致无法得出正确的结果吗？福田教授对此是这样答复的：

"存在个体差异。紧张时脸会变红是因为脸部的皮肤血液流量增加，同样的变化也可能发生在头皮。已经有研究表明，抑郁症和精神分裂症等精神疾病反映出自律神经功能的变化，也会导致皮肤血液流量的某种变化。但是头皮血液流量的变化还没有得到详细研究。随着 NIRS 对诊断精神疾病的应用逐步推进，研究头皮的血流量变化势在必行，这是它带来的好的影响。通过今后研究的展开，也许只靠头皮的血流量变化这一指标就能辅助精神疾病的鉴别诊断。为了进一步提高 NIRS 的精确度，的确需要区分脑部血流和头皮血流的技术，因此我想继续进行深入研究。"

总有种岔开话题之感。我询问的是混入头皮血流是否让 NIRS 的精确度下降，福田教授的回答不知不觉间变成对头皮血流检查的期待。头皮血流的增减与脑血流的增减两者之间的机制有所不同，再加上头皮血流的混入程度因人而异,两种不同性质的血流指标掺杂在一起,这样的检测值能够准确把握疾病的特征是很难让人信服的。但是几次提问,福田教授都反复说"可以了解特征"。

正如宫内先生指出的,NIRS研究在研究初期便已公开,"各种疾病的典型性波形"得到广泛报道,但随着研究的进展,情况发生了变化,研究后期公开的波形中各种疾病都呈现出相似的形状。对此福田教授作出了如下回应:

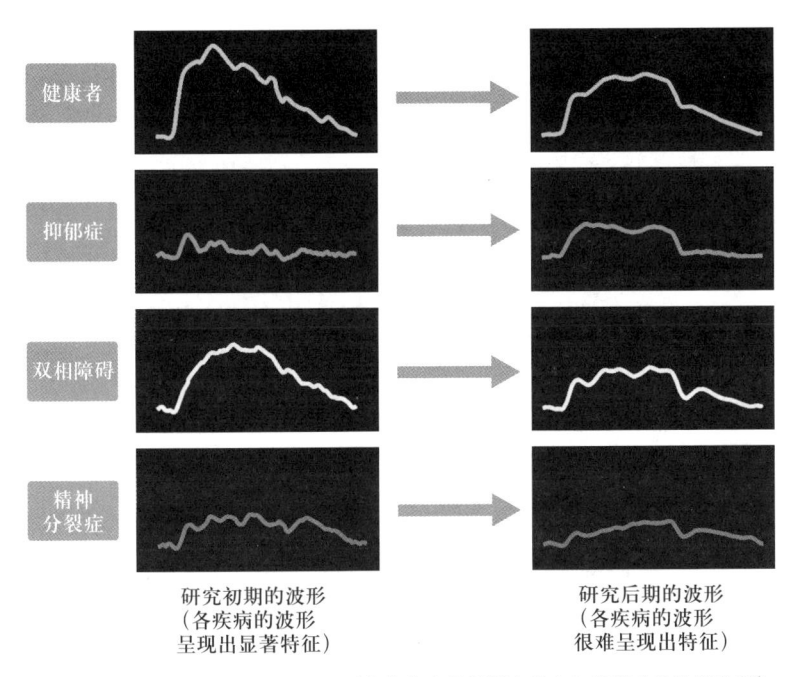

健康者

抑郁症

双相障碍

精神分裂症

研究初期的波形
(各疾病的波形
呈现出显著特征)

研究后期的波形
(各疾病的波形
很难呈现出特征)

(宫内先生根据研究论文和资料中的波形绘制)

NIRS研究初期和研究后期的波形比较。研究后期各疾病的波形很难找到各自的特征。

"抑郁症、双相障碍、精神分裂症各自易于呈现出特征的大脑部分不同,所以在呈现出疾病间不同结果的初期研究中选择了一处容易测量出特征的部分。比如,抑郁症选择了前头部的 A 部位,双相障碍选择了前头部的 B 部位。检查的对象都是已经完成诊断的患者,因而能够做到锁定测量的部位。在下一个阶段,已经开始了包含尚未确定诊断患者在内的研究,已经到了设想临床应用的阶段。那样就无法提前选择表现诊断特征的部位,所以探讨了包括 A 和 B 在内的多点测定结果平均值形成的波形能否出现特征。因为是对多个测定部位取平均值,所以波形的特征被弱化,但可以通过分析数值来掌握各疾病的特征。"

NIRS 的极限和滥用

NIRS 的定位是"辅助鉴别和诊断",不过是医生做出正确诊断的参考之一。但有的患者和家属相信了"通过 NIRS 可以准确了解自己的精神疾病是什么",因此对检查寄予希望。这也有新闻报道只夸张其优点带来的影响。某些医疗机构利用这种患者的心理,将 NIRS 作为揽客的招牌,用来诊断抑郁症并从患者那赚取高额的自负诊疗费。针对部分医疗机构滥用 NIRS 的问题,福田教授回应道:

"这个检查的定位是辅助鉴别和诊断。NIRS 使用散射光来观察脑血流量,所以从测量原理来看精确度有限。它的定位和超声波、心电图类似,所以不能仅凭它来确定诊断结果。诊断的根本在于医生的临床综合判断,必须避免将辅助检查的结果视为绝对。保险诊疗的对象因为抑郁症状而被诊断为抑郁症,经过治疗却仍无法恢复,这种情况下,该患者或许患有抑郁症以外的精神疾病。NIRS 不是在缺少医生临床诊断的情况下能够实现确诊的检查。综合 NIRS 的检查结果和临床诊断,可以作为重新评估诊断的契机,这是可以有效利用 NIRS 的地方。"

学会声明 NIRS 的误诊问题

2016 年 11 月，日本抑郁症学会在网站上登载了题为《近红外光谱成像检查在诊断双相障碍和抑郁症中的意义》的声明文章。部分应用 NIRS 的医疗机构发生无法忽视的误诊，接到报告的学会无法坐视不管。特别受到关注的是典型的抑郁症患者被误诊为双相障碍的案例，学会尤其重视。也许像我一样，有很多人在检查中途因压力上升而导致脑血流量（或者头皮血流量）急剧增加。宫内先生也是这样，他在东京的一家诊所参与了 NIRS 的"免费体验"项目，他并没有精神疾病，但检查却呈现出双相障碍的波形。

学会的声明指出："近年在没有足够临床评价的情况下，（中略）将近红外光谱成像检查本身及其检查结果置于临床判断之上的做法都没有遵从保险医疗的规则。近红外光谱成像的检查结果也和普通医疗中的临床检查一样，不过是做出诊断时的参考之一。单纯基于近红外光谱成像的检查结果做诊断是违反医疗原则的行为。"

参与撰写声明的精神科医生解释了写作意图：

"我们无法放任严重的误诊案例。甚至出现了将没有躁狂症状的患者诊断为双相障碍的案例。治疗双相障碍必须长期坚持服药，服用碳酸锂的话需要定期验血，以防止锂中毒。病没有那么容易治好，治疗负担也相当之大。面对这样的疾病，有的医生仅凭借 NIRS 的结果轻易地做出诊断，我们对这种不负责的行为感到愤慨。"

容易误诊的双相障碍

重度双相障碍的患者进入躁狂状态可能在人际交往当中发生一连串冲突，或是用信用卡疯狂购买超出自己经济能力的物品，种种行为让他们无法正常参与社会生活。患者在躁狂和抑郁之间如同过山车般摇摆，必须介入控制使其平稳下来，切实的治疗不可或缺。但近年不断增加的双相障碍的病例中，不乏误诊和过度诊断的案例。

2000年代初，制药公司揭开了抑郁症宣传的大幕，引发了大规模抑郁症诊断的热潮。其中频繁出现误诊，患者过度服用抗郁药物，药物的副作用使他们陷入躁狂状态，而在后续的诊断中，他们又被简单化地认为患上了双相障碍。医生把自身拙劣的治疗所导致的症状归咎于患者的疾病，于是在诊断书上更改或继续追加病名和药物。精神科蔓延开了自导自演的诊疗，使很多患者陷入不幸。

双相障碍的患者服用旨在提升情绪的抗郁药物很容易发生转躁，尽管如此，因患者服用抗郁药物发生转躁就断定其患有"隐性的双相障碍"未免太过草率。一些患者因其体质，本就可能在抗郁药物的影响下陷入躁狂状态。第2章介绍的有文身的主妇正是其中之一。幸运的是这名主妇遇到了经验丰富且具备判断力的医生，通过停止服用抗郁药物重新找回了自己。但假如她到其他精神科就诊，就有被诊断为双相障碍的可能性，或许会因进一步加药而陷入副作用的泥潭。

这些基于NIRS的结果，把明显表现出抑郁症症状的患者误诊为双相障碍的精神科医生，是一群不光不理解NIRS的限度，而且也没有能力治疗抑郁症的庸医。正因为他们只会给抑郁症患者开具抗郁药物的处方，没有能力治好病人，所以他们就想依仗别的什么，那就是诊断出患者还患有双相障碍，但或许患者只是因为工作或家庭的压力而没精打采罢了。到了这群庸医那里，他们把调整生活环境就能恢复的反应当成一辈子治不好的精神疾病。需要注意，在看精神科医生时一定要睁大眼睛好好选择。

对于双相障碍再做一些补充。社会上从事创意工作的人之中，存在"双相倾向"的人有很多。他们心情愉快时会废寝忘食地埋头工作，反之也会周期性地低落。如果看成是能量消耗和充电的循环，那么这其实很自然，也可以说是当事人尽情发挥才能的节奏周期。

这种倾向只要不脱离控制，那么非但不会阻碍生活，还会成为生存的食粮，应该把医疗上的介入保持在最低限度。

但也有精神科医生只因为当事人存在上述的躁郁循环就诊断其为双相障碍，立马开出镇静类药物处方。这样的做法十分危险，需要加以关注。精神医疗使用了错误的方法，会破坏多数的才能，有些情况下还会产生处方药成瘾，甚至诱发自杀冲动而夺走当事人的生命。

当前不可能有"准确的检查方法"

精神科的检查方法在开发上也存在难度。为研究出以脑功能和血液指标等为依据的精神疾病检查方法，首先需要招募许多患者参与。若要研究抑郁症的检查方法，大量抑郁症患者的帮助是不可或缺的。

但就像目前为止我们所看到的，被诊断为抑郁症的患者大脑究竟是否发生了病理变化（神经传递物质的异常等）其实还是一个未知数，需要通过科学手段区分病理上的情绪低落和压力导致的情绪低落。即便存在病变，患有抑郁症的 A 和患有抑郁症的 B 可能出问题的神经传递物质也不同。简单地讲，把不同原因的"抑郁症患者"放在一起找出共同倾向，以此研究出一种检查方法本身就充满了矛盾，事实上是不可能完成的。

福田教授也明白这一点，在 2016 年第 2 期《临床精神医学》上他谈及此事：

"比如抑郁症，我想没有一个临床医学者和研究者认为抑郁症是单一病因引发的疾病。"

"在假设抑郁症是单一病因引发的前提下进行研究，追踪生物标记用于诊断和治疗——必须承认这种做法本身存在矛盾。"

"极端地说，现在的精神疾病研究都是没有意义的。但面对眼前需要得到治疗的患者，医疗第一线别无选择，不得不把各种疾病概念当作是真实存在的。"

具备科学诊断分类的检查方法

我向福田教授提出了这个致命问题：

"精神疾病的病名根据是否存在特征性症状决定。简而言之，抑郁症状持续的话称之为抑郁症，躁狂状态和抑郁状态反复交替的话称之为双相障碍，以幻听和妄想为主体的话称之为精神分裂症。另一方面，NIRS尝试通过脑部的特征性变化来诊断疾病。摆在面前的是以症状群为依据的既有诊断分类方式，以及与其出发点完全不同的NIRS检查结果，二者不可能完全匹配一致。您对此有何见解？"

福田教授回答说：

"的确如此。通常认为精神疾病的症状背后存在承担此功能的脑部的变化，因此基于症状特征的既有诊断分类命名的病名大致与NIRS的结果一致。但是，不完全一致这点也十分重要。因为既有的诊断分类主要依据临床上确认的精神症状，而非症状背后的基于脑内特征变化来进行的。把脑功能的变化和既有的临床诊断相结合的研究存在一定的局限，这不仅仅是NIRS的问题。但另一方面，我正致力于临床精神疾病检查的实用化，这也是患者的心声。今后我将结合高精度的脑成像检查等，提升NIRS的精确度。"

福田教授从研发阶段开始，一直强调NIRS是"鉴别和诊断的辅助手段"。因此我也在2009年《读卖新闻》的连载中根据自己的检查体验强调："血流量的变化有个体差异，也有差异不明显的情况。所以只靠这个检查无法确诊是否患有抑郁症，最多作为诊断的辅助手段。"但媒体为了吸引读者和观众而只强调优点，在这样不负责任的报道之中，NIRS开始变得万能一般。

这里的意图并非要否定 NIRS 研究本身，而是将它视为打破精神医疗闭塞现状的一种有益尝试。国立精神・神经医疗研究中心定期召开研讨会，会上医生们学习传感器的固定方法和波形的分析，目的在于提高 NIRS 的精确度。但许多人认为目前的精确度在"辅助诊断"中明显力有不逮。这与其说是 NIRS 的固有问题，不如说源于精神医疗的不成熟，目前甚至尚未具备科学的分类方法。

宫内先生提到："NIRS 对客观诊断精神疾病作出了尝试，我对此高度评价。但目前为止将 NIRS 纳入医保还为时尚早。还需要在今后验证其有效性，我认为在有确定结果前有必要将它移出保险医疗。"

不知道人类什么时候能够掌握精神疾病的病因和机制，在不能依据脑内变化做出准确诊断分类的情况下，高精度的检查方法也无法被研发出来。基因研究领域一直在探索原因，今年发现了多个与精神分裂症有关联的基因变异。但仍有很多人发生了变异却没有发病，发病与其他基因的变异和环境等诸多要素有关，情况错综复杂，因此仅仅抽取特定基因用作早期诊断的生物标记，恐怕会造成大量误诊。精神医学领域的基因研究也暂时看不清未来图景。

在这样的境况下，加强精神医学科学程度的做法没有错，但飞跃性的进步也是一把双刃剑。确立起客观且高精度的诊断分类方法意味着人类的心理构造已经被完全分析透彻。这会给通过药物或基因修改等方式操纵心理的技术带来可能性，也许比现如今更加恐怖的科幻世界即将到来。到那时，精神科医生也可能被 AI 代替吧。

今后，继 NIRS 而诞生的"精神疾病的划时代检查方法"仍会被媒体大肆报道，重演如今的情形。但目前，人们仍无法摆脱"时灵时不灵"的局面。那么现下，怎样才能得到准确的诊断和治疗呢？答案只有一个，只有依靠贴近患者的优秀精神科医生才能做到。

第 9 章 "开放式对话"的未来

东京大学安田讲堂召开演讲,主题是"开放式对话"。创始人雅科·塞库拉讲述"开放式对话"诞生的故事和今后的可能性。(2017 年 8 月 20 日)

不好好听患者讲话。马上认定"一辈子治不好"。不拿出药物以外的治疗法。不说明副作用。不告知治疗和恢复的预期。不好转就加大药量。一直拒绝家属探视。情况变得不妙立马金蝉脱壳。

对待患者的方式符合上述描述的医生是庸医之集大成，这样的医生水平太过低下，在现实中是不存在的吧。若存在，应该会在患者和家属的激烈谴责中瞬间遭到免职——特别是在近些年社会监督越来越厉害的情况下。但让人惊讶的是，精神科还真有不少这样的医生。请看看本书中出现的精神科医生们如何对待患者。

庸医之所以能够在精神科生存，源自患者和家属的声音微弱，以及社会的关心程度不高。疯狂的医生没有被淘汰，他们都有一个共同点，就是"愚弄患者和家属"。

要改革难题堆积如山的精神医疗，建立起淘汰庸医的机制不可或缺。光靠改革专科医生制度和普及诊疗指针还不够，还需要行政和学会在资格终止等方面严格对待。在此之上，需要的是提升精神医疗整体质量的举措。下面两章介绍掌握改变关键的几个行动。

芬兰发明的开放式对话

2017年8月20日下午，东京大学安田讲堂坐满了听众。当天的活动是"创始人讲述：开放式对话的诞生和未来的可能性"。演讲者是芬兰的于韦斯屈莱大学教授雅科·塞库拉，他在芬兰的精神科医院（克洛普达斯医院）和同事共同开发出精神科治疗方法"开放式对话"，该疗法受到世界范围的关注。

开放式对话以患者为中心，同时将患者的家人、朋友、熟人，以及护士、心理师、精神科医生聚集在一处（患者的家里或患者感到安心的地方），所有人都处于平等的立场，不断进行对话。位于芬兰的托尔尼奥（西拉普兰德）的克洛普达斯医院在30多年前已经开始使用这种独创的方法。进入2010年代，该疗法的疗效通过论文、电影等开始为人所知，来自世界各地的学习者涌入克洛普达斯医院。在日本，对精神医疗中自身的定位感到疑惑或迷茫不安的护士、精神保健福祉师、临床心理师等医务工作者，对于这种疗法表现出了强烈的兴趣。

开放式对话的主要对象是出现幻听、妄想等混乱症状的急性精神病性障碍的患者。精神分裂症、精神分裂样障碍、短暂精神病性障碍、尚不明确的精神病性障碍都包含在内。通常的精神医疗中由医生决定治疗方针，无法反映患者的希望。但在开放式对话中医生不会对是否服药进行诱导，而是全员共同探讨，找到最好的方式。1小时左右的治疗会议连续召开10天左右，参加者在这个过程中加深对患者的理解。这样一来，占据患者内心的孤立感和孤独引发的恐惧感会逐渐消减。患者获得重新审视自身的机会，看到自己的发言没有被轻视，而是和其他参加人员一样受到重视，自身正在丧失的决断力得以恢复。

在治疗会议召开的过程中，有的患者幻听和妄想症状减轻，不用服药也能够恢复。患者即便复发，也能通过开放式对话重新回到平稳的状态。该疗法效果十分显著，大多患者得以重返社会生活。

一些患者到一般的精神科就诊时，因"没有意义的病态妄想，也没有生病的自觉"而被诊断为精神分裂症，医生断言其"一辈子治不好"，一直为其开具抗精神病的处方药。这样的患者中也有通过开放式对话，不服药便得到恢复的案例。以会议为媒介，帮助患者重新构筑身边的人际关系，产生了相当好的治疗效果。

超越既有精神科治疗的效果显著

2017年7月公布的芬兰西拉普兰德地区的患者追踪调查（ODLONG研究）明确了开放式对话针对初次发生幻听、妄想等症状的患者（首发精神病的患者）的有效性。经过对116名患者极为长期的跟踪调查（观察期 10—23 年），除了死亡、移居、退出的患者，统计得到了 65 人的研究数据。其中 45 人经过平均 6 年的治疗期得以恢复，或者处于宽解状态（表面上症状消失的状态）。45 人中 40 人结束了治疗，5 人通过适量服药得以维持良好的状态。40 人康复，包括这 40 人在内被认定为症状宽解的共计 45 人，即恢复率达到 61.5％，宽解率达到 69.2％。这一数据大大超过了以药物为中心的既有精神科治疗（国际最新研究分析了 12000 名首发精神病患者的数据，恢复率 37.9％，宽解率 57.9％）。ODLONG 研究的 65 名患者平均参与治疗会议 33 次。

开放式对话取得的显著效果来自治疗会议，但这并不是否定药物治疗和住院治疗。ODLONG 研究中的患者有 29 人（44.6％）没有抗精神病药物的处方，但有 36 人（55.4％）在观察期间被开具了处方。为了顺利地推进开放式对话，在不少情况下适量的药物也是必须的。

在长达 10 年到 23 年的观察期间，有 19 人（29.2％）从未住院。大多数患者有过住院经历，但住院次数大多在 2 次左右，总计入院时间的中值为 12 天，极为短暂。也有短期住院治疗后再进行治疗会议的案例。成功的关键在于灵活的治疗方案，针对案例特点让药物、住院等既有武器发挥作用，同时最大限度地发挥治疗会议的效果。

2018 年 3 月发行的《精神科治疗学》第 33 卷第 3 期（星和书店）中，精神科医生齐尾武郎介绍了 ODLONG 研究的细节。他指出"ODLONG 研究的对象患者中，容易得到宽解的短暂精神病性障碍和精神分裂样障碍的比率较高，这也许提升了宽解率。但这项研究结果证明了开放式对话对首发精神病有效。只是，尚未确定开放式对话对其他精神疾病、认知症、茧居者等患者的有效性，现阶段应该在扩大使用对象上持慎重态度。"

"患者不在场，不谈论患者"

塞库拉教授当初在克洛普达斯医院采用的是家庭疗法。家庭疗法不会将心理疾病归咎于患者本身，而是看作家庭整体的问题从而寻求解决方法。但很少有持续参加的家人，因而没有取得预期成果。塞库拉教授经过思考，采取了每天举行治疗会议的方式，会议以患者为中心，聚集了患者的家人、朋友，根据情况甚至还有与其一起工作的同事和上司，再加上多名治疗师，所有人敞开心怀互相交流，手法颇为大胆。

塞库拉教授在回忆开放式对话产生过程时这样说道："可能有很多人认为开放式对话是在经过长时间总结后才产生的，其实并非如此。这是有一天突然萌生的想法。"

那天是 1984 年 8 月 27 日。"停止只有我们工作人员讨论患者的情况吧。只在患者和家人在场时讨论。医院的工作人员在会上分享了这个想法，从那时起开放式对话便诞生了。""患者不在场，不谈论患者"成了开放式对话的根本原则。

陷入幻听、妄想等急剧混乱状态的患者在日本得到的对待是被关进隔离房间，身体被绑住，强制穿上纸尿裤或通过导尿管排泄，同时接受强烈的镇静注射。极少有医护者会认真倾听患者谈论自己的妄想，家人和医生跳过患者，为其办理强制住院手续。即便这是出于"为了患者"的好意，却加剧了患者的孤立，给他们带来了更深的被害妄想。患者遭受了强制住院、身体约束等一系列实在的"损害"，被害妄想更加根深蒂固。随意采用限制行动的措施，这样的日本精神医疗已经脱离了医疗范畴，成了火上浇油、加剧恶化的罪魁祸首。

如上述所示，开放式对话彻底排除了越过患者的决定。自己不在场时关于自己的重要决定被他人所掌握，无论是谁都会感到强烈的反感和压力。为什么日本的精神医疗第一线缺乏这种常识性的视点呢？

芬兰戏剧性改善的案例

接下来介绍一个非常有名的通过开放式对话获得戏剧性改善的案例。精神科医生齐藤环在 2015 年出版的著作《开放式对话是什么？》（医学书院）中详细介绍了这个案例举行治疗会议的情况。

患者是 30 多岁的男性，职业是店铺工作人员。他担心自己"卷入了一场阴谋，组织的人盯上了自己的性命"，接受了开放式对话治疗。最开始他对着家人和治疗师单方面地讲述没有意义的话，但顺着记忆回溯混乱开始出现时的情形，他找到了发病的导火索。

患者没有拿到年末奖金，陷入捉襟见肘的窘境，甚至买不起送给家人的圣诞礼物，他对此十分烦恼。当时他打定主意要给老板打电话要钱，在打电话的过程中停电了，通话被迫中断。他认为停电过于巧合，一定是老板捣的鬼，在治疗会议中可以明确，就是在这之后，他开始越来越多地感到身边存在危险。

假如老板真有强大的黑暗势力，能够随意停电的话，没必要与一个看不顺眼的小老百姓过不去。患者的想法过于跳跃，但他开始感受到危险的前后经过也并非不可理解。此时的他经济上窘迫，同时精神上承受着巨大压力。健康人的心头也可能一闪而过的"阴谋论"在他的心里不断被夸大，逐渐失去了控制。

精神科的诊疗从不推荐对患者的妄想和幻听刨根问底。这不仅是出于过多询问可能给治疗带来坏影响的担忧，精神分裂症的妄想通常是无法理解的，大多数医护人员认为试图问清楚只是在浪费时间。开放式对话没有如此忌讳，当患者的话和心境难以理解时，参加的治疗师会引入自己的经验进行提问："我没有这样的经历，所以很难明白，举例来说，是类似这样的情况吗？"

参加的治疗师会设身处地地想象患者的心理，然后当着患者的面交换意见，采用一种"反射"的手法。芬兰这名男性患者的案例中，担任治疗师的心理师和医生彼此交换了意见，认为上述经历反映出患者"相较于自身的想法，性格上更倾向于揣摩他人的想法""也许不擅长主张自身的权利"。

如果治疗师的观点偏离了事实，患者可以当场纠正。在不断重复这样的沟通中，患者变得可以放下心来讲述，最终显露出造成精神上不适的心理活动。不可思议的是，幻听、妄想症状逐渐消失。这名患者开始认同突然的停电是由于偶然，他在短时间内戏剧性地康复了。"开放式对话"的力量在于亲密的人和治疗师共同窥视到患者的心理图景，从而将患者从妄想的世界拉回现实世界。

"绿色森林诊所"（东京都板桥区）的精神保健福祉师村井美和子是实践开放式对话的先驱者，她在《精神科治疗学》第33卷第3期的对谈中提及一段患者的话，它指出了开放式对话的本质：

"我正站在悬崖边上看着下面地狱燃起的火海，回过神来发现身旁的你们也在和我一同观看。"

阻碍普及的诸多课题

对患者重要的任何人都可以加入开放式对话，发言内容并没有限制，但需要参加的治疗师具备一定的经验和能力。人们聚在一起，站在平等的位置上自由交流，而非从开始便有了结论，这个场合离不开优秀的掌舵人。

克洛普达斯医院在培养注册治疗师，而日本新成立的日本开放式对话组织于2017年5月到11月举办了收费的培训课程（并非注册治疗师的培养课程）。课程收费40万日元，这个价格很难谈得上"开放"，不过课程由克洛普达斯医院的护士和精神科医生担任主讲，精神保健和医疗福祉领域的专业技术人员40人学习了开放式对话的基础。2018 年 6 月在神户召开的日本精神神经学会学术总会上，完成该课程学习的人参与了研讨会，汇报了开放式对话实践中获得戏剧性改善的案例。

但开放式对话要在日本普及还有不少需要跨越的障碍。在开放式对话里，医生、心理师、护士、精神保健福祉师作为治疗师必须是平等的。治疗师之间存在上下级关系的话，平等且开放的对话就无法成立。可这十分困难，齐藤环医生是较早关注到开放式对话的精神科医生，并将其应用于治疗茧居者的实践当中。他在 2015 年接受我的采访时便已谈到："医生处于医疗现场的最顶端，等级制是阻碍普及的最大障碍。"现在墙壁仍然坚固耸立，医生的特权意识是世界共通的，就连芬兰也不例外，医生总是渴望将治疗的主导权握在手中，他们过度的骄傲感和保守思维正阻碍着开放式对话在全国的普及。

开放式对话开始在日本为人所知晓是 2013 年左右，时间还不长，国内的实践研究尚且不足。因此培养更多的工作人员投入实践也无法增加诊疗报酬，只能通过上门诊疗等既有方式解决报酬问题。

开放式对话并非一下子改变当下滞涩的精神医疗现状的魔杖，但它蕴藏着从根本上改变精神医疗结构的潜力。"精神疾病是脑部发病"这样老一套的说辞深入人心，在盛行药物治疗的背景下，开放式对话则让我们重新想起了一直遭到忽视的精神医疗的大原则——"倾听患者的声音"。医生、家人以及社会都要回到面向患者的根本。精神医疗的改革从这里开始。

精神科医生与患者分享想法的工具

2018 年夏天，提升精神科诊察室里患者和医生对话质量的工具出现了。这款工具名为"SHARE"，能够帮助医疗现场开展共同决策。它是由民营创新企业根据国立精神·神经医疗研究中心的研究为基础开发的。患者在诊疗前将自己的想法输入电脑，医生在看过后开展诊治。

门诊之前听取患者想法并输入电脑的工作是由医疗机构聘请的助手完成。这些助手也曾受精神疾患困扰，同样的经历使得患者更容易向助手打开话匣子。在交谈过程中，助手根据患者当前的健康程度（最高为100％）、现在的症状、生活上问题的严重程度（分5个阶段）等进行分数评估，然后录入电脑。

症状的选项有"无做事意愿""急躁/愤怒""疲劳""肌肉紧张"等；也有针对服药状况的记录栏目，对于"有药物其实没有真正服用""希望了解药物""药物有副作用""有想更换的药物"等问题回答"是"或"否"。

此外，助手还会制作"希望和康复的笔记"，包括"平常的我""生活和人生中看重的事物以及想要改变的地方""生活和人生中不希望的事""能让我健康的关键""我的支持者"等栏目，同样由助手向患者提问后录入。

每次看门诊时收集健康程度等信息，通过跟踪变化，可明确显示出康复程度和治疗的过程。正如此前看到的，精神科的所有矛盾的根本都存在"精神科医生不听患者讲话"这个问题，贯彻实行"共同决定"原则对精神医疗改革不可或缺。

只是这种工具的普及还存在一些障碍，例如如何确保助手的资质，如何筹措报酬等。各个医疗机构必须管理好患者详细的个人信息，防止出现违反患者意愿的信息滥用和泄露。

说起来，要是精神科医生倾听患者的声音，在每天的诊疗过程中了解患者的想法，也就不需另外花钱开发电子工具。但精神科的现状是众多患者的诊疗时间不过几分钟，不治好病而让患者一直来医院回诊的医生才有好处，与患者长时间相处而在短时间内治好患者的医生最为吃亏，形成了黑白颠倒的模式。灵活运用工具当然好，但最要紧的是改变这种不公平的诊疗报酬分配模式，这才是最为致命的缺陷。

患者对医疗机构评价的排名

"哪里有好的精神科？""不知道可以去哪里。"

患者和家属烦恼于如何选择医疗机构，有人正致力于努力解决这个问题。

NPO 法人地区精神保健福祉机构在 2015 年推出了"精神科医疗机构可视化系统"。由实际就诊的患者对全国的精神医疗机构进行评价，像米其林那样通过星星的个数表示精神医疗机构的优劣，十分简单易懂。该福祉机构在其网站上公开评分。

精神科没有可以用于评价机构水平的手术数、生存率等数据，很难区分治疗成绩的优劣。因此，将患者满意度用于评价医疗机构的做法变得重要。精神医疗的可视化项目寻求可确认身份的会员约 1 万人填写初次调查问卷，收集起来的回答作匿名处理后再进行数据统计。

问题共计 25 项。主要问题列举如下：

> 医生听你说话吗？
> 医生回应你的提问和想法吗？
> 你认为医生的态度能够让你信任吗？
> 会面中，你们会针对你想解决的问题进行交流吗？
> 等待时间有多久？
> 初次就诊时的诊察时间有多久？
> 医生告诉你病名是什么了吗？
> 医生是否向你说明了治疗的目的，治疗方式是商量之后共同决定的吗？
> 医生是否向你解释了有多大可能会产生何种副作用和后遗症？

医生是否向你解释了治疗预计何时能够结束？
服用的药物有多少种？
到现在的医疗机构后病情有何改观？
医生是否向你说明了可以使用的制度和服务？

　　回答者在4个选项中选择最符合自身情况的一项即可。比如，在"会面中，你们会针对你想解决的问题进行交流吗？"一问中，4个选项分别为"没有交流""没怎么交流""偶尔会交流""总是交流"。每个选项有相应得分，可视化项目对回答进行统计后，最终通过星星的数量（最高三星）呈现评价。该项目细致地分析各个医疗机构的诊疗倾向，用图表简单易懂地呈现出来，除了星星数量之外还提供了大量参考信息。

　　2018年10月，全国拥有精神科的约3500家医疗机构之中，有大约四分之一的机构评价登载在上述福祉机构的网站上。所有人都可以看到星星的数量，但阅览详细信息需要注册会员（会员年费6000日元。每个月可收到邮寄的月刊《心理的健康+》）。

　　评价之中的一些数据仅基于一名患者的反馈，仍需增加回答数量以提升精确度。今后，该福祉机构将继续问卷调查，持续更新数据。哪怕是同一家医疗机构，不同的精神科医生的技术也可能差距巨大，如果能够实名登载各个医生的评价将会进一步提升参考价值。

　　在精神科，患者和医生是否合得来也十分重要，这是左右康复进程的重要因素。因此不能完全参考其他患者的评价，不亲自就诊无法做出准确判断。

　　为了少走弯路，避免医疗事故，选择评价好的医院和精神科医生就诊固然重要，但绝不能完全听信他人的评价。精神疾病的治疗不能完全依靠医疗手段，寻求优秀专家帮助同时凭借自身的力量直面疾病，这样的态度不可或缺。

每年损失 4 亿，迈向改革的精神科医院

民营的精神科医院容易被视为精神医疗"诸多乱象的根源"。2016 年 10 月，日本有 33 万 4258 个精神科病床，数量在世界上名列前茅。有数据表明，日本的精神科病床数占世界总数的两成。日本民营医院拥有全国 9 成的病床数，日本精神科医院协会（日精协）动用政治力量，致力于维持病床数量。

其结果便是厚生劳动省 2004 年倡导的促进社会性住院患者出院和削减病床计划雷声大雨点小，最终不了了之。到 2017 年 6 月末，"精神科入院超过 50 年的住院患者至少有 1773 人"（2018 年 8 月 21 日《每日新闻》早报），情况之坏让人感到恐怖。日精协的会员医院里也出现了对现状抱有危机感的设施，这些医院致力于改变依靠长期住院的收益模式，提供为患者考虑的医疗。

位于首都圈的 K 医院，从新院长就任到 2018 年为止的 3 年间，让住院患者逐步回归社区，成功削减 80 个病床。这家医院不愿意透露其名字，因为他们认为"自己所做的，任何民营精神科医院都可以做到，没有什么特别的。不希望因为公开医院的名字而被误认为是在沽名钓誉"。在此不公开这家医院的名字，还望理解。

所谓社会性住院患者，即明明病情稳定能够出院，但因社区没有接收他们的地方而无法出院，造成住院时间极长的患者。K 医院之前住院生活 20 年、30 年的患者并不罕见，在新院长上任时还有一位在医院居住近 50 年的患者。仅需让社会性住院患者住院一年，医院便可以得到高达每个病床 500 万日元的收入。这也是多数精神科医院并不积极减少社会性住院的原因。

K 医院削减 80 个病床，一年损失 4 亿日元。此外，患者当中还有很多人对社区生活感到不安和害怕，这也是削减病床的一大障碍。对于一名在精神科医院生活数十年的患者而言，到医院之外生活如同移居国外一般，内心很难不感到不安。

一般的精神科医院会利用患者的这种不安，表现出一种倒置的伪善，声称"所以这是为了患者着想才让他/她住院的"。但是 K 医院不同。在院长开明的领导下，不同职务的人聚在一起毫无顾忌地交换意见，组成多个项目团队，推进医院改革。患者出院促进项目多次组织住院患者出游，访问先一步返回社区的出院患者，看看他们现在的生活。距离外房①的海岸很近有一处集体之家②，在这里生活的一名出院患者对参观者说：

"出院时我心里不安得要命，但这里的生活比医院要快乐得多了。"

在这个广阔、自由、什么都可以尝试的世界生活，同时还得身负责任和多重的压力。但是，在医院的封闭空间里，自己的一切总是暴露在他人面前，比起这种让人感到窒息的生活，医院之外的日子更能让人体会活着的真实感。以这趟参观出游为契机，患者开始接连出院了。

将整个医院变成"心灵港湾"

多个项目团队还探索了如何填补减少的 4 亿日元收入空缺。主要对策之一是门诊改革，所有的门诊都打上了"减药门诊"的名片，明确提出治疗方针："药物使用单剂（不重复使用同类药物）是大原则。对于从其他医院转院来的大量服用多种药物的患者，不再增加药物，分阶段进行减药。"

在有多名医生看门诊的精神科医院，有使用单剂的医生，也有漫不经心地开具大量多种药物处方的医生，可能两种医生就在相邻

---

① 日本千叶县南部从房总半岛的太平洋沿岸地带。
② 供孤儿或残障人士等边接受援助边共同生活的设施。

的诊察室。特别是在初次就诊时，患者并不知道自己会被分配到几号诊察室，而这决定了患者今后的命运，还有处方的内容，甚至诊断名称也可能大为不同。在K医院，所有的门诊均为减药门诊，这样一来大大控制了不同诊察室之间处方的差距，而且院内建立了各个医生互相确认处方内容的机制，促进了门诊的合理化。

这些措施经过口口相传得到广泛宣传，K医院的门诊病人数量增加了。再加上导入原则上不采用身体约束的精神科急救方式，以及扩充上门诊疗、将空置病房转换为压力治疗病房的设施更新等措施，完全填补了4亿日元的减收。院长笑称："精神科门诊在不同季节，就诊患者有很大不同，因为门诊情况不稳定，和过去有4亿日元定期收入时期相比，就需要和银行商议贷款。但总算没有发生经营恶化。"

K医院的压力治疗病房接收有产后抑郁、照护抑郁、抵触上学、长期停职等困扰的人们。患者只要答应遵守常识上的约定，进出是自由的。这里的定位是"给在生活、工作、学业、人际关系等方面感到受挫、疲劳、有压力的人群提供一个暂时脱离日常的恢复环境，在这里正视困难、调整所处环境并整理自身行为，恢复向压力发起挑战的力量"。

比如产后抑郁的情况下，有的精神科医生只会开抗郁药物，除此之外什么都不做。K医院的压力治疗病房优先改善患者的生活环境而非开药，精神保健福祉师和作业疗法师、心理师等密切参与其中，争取患者家人的理解和帮助，建立起能够给予因养育孩子而处于孤立状态的母亲以支持的环境。患者通过这些措施改善抑郁状态的案例有很多。一些患者曾经在其他医疗机构就诊，大量服用抗郁药物等，K医院会阶段性地进行减药。

单人间均采用间接照明，铺设纯木地板。为更接近"能够放松的个人空间"，入口设置了落差构造，脱鞋后方可进入室内。房间可以从内部反锁。带有淋浴、卫生间的单人间每天需多付7000日元，只带卫生间的单人间多付 5000 日元。多数民间医疗保险可以覆盖住院费，控制了差距。医疗工作人员一般不进入室内，而是坐在入口的台阶上与患者交谈。

K 医院压力治疗病房的单人间。入口处特别设置落差构造，强调"个人空间"。医护人员除紧急情况外不进入室内。

　　四人间也是以木制为内装主体，采用间接照明，整体朴素不张扬。房间内使用家具分割空间，配备有冰箱。公共浴室有 3 间，另有 1 间淋浴房，注重照明，墙壁的颜色也很讲究，每天可以通过预约使用。公共卫生间也像酒店一般干净整洁。院长每次出差参加学会，都会到会场所在的高级酒店的厕所转转，将自己的所见反映到设计之中。"曾经有一次，我在离酒店大堂很近的厕所，趁着没人时拍照，结果被保安发现，还被问话了。"四人间的交谈空间等也十分宽敞，让人感觉如同身处酒店，可以放松下来。

K医院内将这栋病房楼称为"HAFEN"，在德语中意思是"港湾"。满载的船只在这里卸下重荷，进行补给、修缮，再开始新的航行。院长认为不仅限于这栋病房楼，整个K医院都是"那些希望治疗好受伤的身心、驶入新航线的人的心灵港湾"。这与过度用药、一直收治病人住院的既有精神科医院的思路完全相反。

以设施等硬件条件吸引患者的精神科医院变多了，老化、凄凉的设施的确很难治愈心灵。但器皿豪华却只能提供过时且粗糙的菜肴，那也没有意义。为了实现为患者着想的医疗，真心希望像K医院一样新盘配新菜的措施能够在更多的精神科医院开枝散叶，在全国范围内推广开来。

第10章　为精神医疗乱象推波助澜的始作俑者

石乡冈医院（千叶市）的隔离房间内，辅助护士用左脚踩踏躺着的弘中阳先生的头部。

有很多精神科医院会将患者绑起来，另一方面，也有少数精神科医院尽可能不绑而采取其他方式。爱知县大府市的共同医院（精神病床 207 个，疗养病床 80 个）就是其中的先驱。护士们在 1999 年提出"废止身体约束"，将过度的、不必要的身体约束减少到零。

护士增加身体约束

2003 年出版的书籍《亲切温柔的医疗、快乐的工作场所——目标是消除身体约束》（共和医院发行）记录了护士们采取行动的早期情况。书中直接揭示了身体约束被滥用的原因：

"《精神保健福祉法》允许对患者进行身体约束。有时是患者的精神症状导致其出现意料之外的行为，于是进行约束；有时是经由主治医生的判断，为保护患者的生命安全而进行约束。但这难道不是用法律作挡箭牌，只强调自身权力的行为吗？'为了保护患者'的想法变成了自保的手段。'患者要是受伤了怎么办？受伤的话要被问责的是我们。这样无法安心工作。不采取约束方式的话工作量会增加'。"

松下直美女士是推行"零身体约束"的护士之一，现在她是共和医院的副院长。松下女士刚开始在精神科医院工作时，患者的大部分护理工作由患者家属聘用的医院护工（护理家政）来做。护工常年照顾长期住院患者，护士也无从干涉。松下女士在一线工作时，甚至存在由护工做出判断，决定对患者进行身体约束的情况。

雇用护工不仅增加了患者和家属的经济负担，还影响了住院医疗的质量。因此，国家修改了《健康保健法》等规定，1996 年取消了护工所提供的护理工作。那之后，护士承担起从医疗现场消失的护工的角色。

是否有必要实施身体约束是由精神保健指定医师来判断的，但是长期接触住院患者的护士们的意见会对医生的判断产生很大影响。

松下女士对护工们轻易使用身体约束抱有疑问，开始摸索尽可能减少身体约束的途径。就在那时，她遇到了一名患者——70多岁的前田阳子（化名）女士。

前田女士有癫痫的老毛病，该病与精神上的症状合并发作后，她于1985年住院。大约从1998年左右开始，她变得容易摔倒，年岁渐长是原因之一。她无法安稳躺在床上的情况越来越多，当年11月，医院以防止她到处走动和跌倒为由，对她实施身体约束。如果解开手上的拘束，她会脱下纸尿裤，医院便给她穿上了连体服。失去自由的前田女士食欲低下，十分焦虑，这也加重了她的精神问题。

决定接受"爬行"

1999年11月，医院内部废止身体约束的时机越发成熟，对前田女士实施的身体约束终止了。这种做法在当时是相当领先的，得益于护士们的热忱之心，以及医院干部愿意接受她们意见的英明果断。

但前田女士年事已高，再加上长达一年的身体约束，诸多因素的影响之下她已经无法独立行走。步行器起不到作用，她甚至无法在轮椅上坐稳，总向下滑。

将前田女士的身体以坐姿绑在轮椅上倒是一个可行之策，但松下女士认为这也算身体约束。最终她下定决心提议道：

"用爬的吧。同意她在地上爬行吧。"

前田女士想要活动，可现状是她无法行走。但她能够爬行。此前，前田女士曾趁护士没有看管之际想要在地上爬行，不过马上就被带回病床上了。这么做真是为了前田女士着想吗？"让我们不要再用一直以来的观念绑缚患者了。爬行或许能够提高前田女士的生活质量。"护士们这样想。家属听到"爬行"的看护方案后最初感到惊讶，但被护士们"希望她好"的想法打动了，于是同意了。

当然，医院内部会有担心的声音，认为"不卫生"，"会给探望者造成不良印象"。为了让前田女士能够自由活动，护士们彻底做好地面清洁，耐心向探望者和其他住院病人解释缘由。前田女士在室内和走廊来回爬行，看起来很高兴。爬行导致她膝盖擦伤，护士们为她涂抹上褥疮用的药剂。

前田女士逐渐能够扶着栏杆和台面行走了。虽然也有摔倒的时候，但护士们给她戴上保护帽，最大限度地防止她受伤。最后，她不需要支撑就能够行走了，随着躺在床上的时间减少，她背部的褥疮也好了。

她不再穿连体衣和纸尿裤，改穿一次性内衣。护士会引导她按时去厕所。过去，前田女士一小时里会说五六次要去厕所，护工有时忍不住抱怨"不是刚去过吗"。如今，通过护士们细心周到的看护，她的体力稳步恢复，终于能够不需要陪同自行行走。前田女士挥舞双臂，得意地走向厕所的身影，也给病房增添了不少乐趣。

前田女士接受身体约束期间，家人很少来看望她，即使来了也很快就走了。但是当她恢复了平和的神色与体力后，家人的探望也变得频繁起来，每次停留的时间也更长了。松下女士觉得："当前田女士接受身体约束时，她的家人可能不忍心看到她受这样的苦。"前田女士和家人在医院大厅等地谈笑的身影越来越常见。这番情景对护士们来说是最实在的反馈，也让她们为自己的工作感到骄傲，成了推动"零身体约束"的动力。

前田女士的笑容挽回了最糟糕事态

废止身体约束后过去了一年半。前田女士恢复到甚至能在市内的公园里散步的程度了。她的食欲也恢复了，经常在公园的餐厅里享用最喜欢的奶油布丁。"真想一直看到她开心的模样。"护士们十分喜爱老顽童般的前田女士。谁都没想到，她们和前田女士一同度过的快乐时光突然就结束了。

2001年10月11日，前田女士突然走了。她从别的患者那里收到面包，食用过程中堵塞气管，还没来得及采取急救措施，她就过世了。医院的工作人员十分小心，却百密一疏，酿成了悲剧。

护士们内心很受打击，再加上失去前田女士的悲伤之情，她们必须面对一个根本问题："我们的做法真的对吗？"如果还在继续施行身体约束的话，前田女士至少不会因为噎食窒息身亡。能够接近其他患者交朋友，恢复食欲想吃面包，都是"解除身体约束的过错"。

但也无法保证不解除身体约束，前田女士就能活得久。也许她会因为背部褥疮恶化引发感染而亡，也许她会因为吞咽困难引发肺炎而亡。哪怕活得时间更长，违背她的个人意愿，过着一直被束缚的生活会幸福吗？

解救了烦恼着的护士们的，是来自家属的一句话：

"你们真的让她好起来了，她是幸福的。"

与其自保不如尊重患者的自由和人权，这种做法常伴随有风险。如果前田女士的家人起诉医院的话，"零身体约束"的努力也许会功亏一篑。医生和护士事先告知了家属自由是有代价的，前田女士摔倒等风险会变高，再加上前田女士逐渐恢复后露出的顽童般的笑容，这些都在她身故后保护了护士们免遭指责。

共和医院此后继续贯彻原则上不采用身体约束的做法。认知症患者中有人会把自己的粪便涂在墙上，但只要此类行为没有威胁到患者生命，患者就不会被实施身体约束。2017年，该院每月被采用身体约束的患者人数在0人或1人。

因为原则上废止身体约束，患者的褥疮减少，能够自主如厕的患者增加，更换纸尿裤的需求急剧下降。护士忙于帮助来回走动的患者的情形变多了，但整体来看，"不采用身体约束并没有让护士的工作变得更忙"。松下女士强调说。

"护士们接触患者时看到他们有精气神,也会为自己的工作感到骄傲,认为自己所做的是有价值的,对待工作更加积极。护士们也从'零身体约束'中受益了。"

摆脱得过且过主义,在认识到风险的前提下采取有价值的做法,当失误发生时,隔岸观火的行为以及全盘否定的态度什么都解决不了。共和医院这般富有勇气的做法在当今日本难以推广。只要整个社会正释放恶臭的过度自保的风气不改变,患者便仍将被困于身体约束的病床之上。

处方药成瘾者自助小组展开活动

"我恨主治医生,恨不得杀了他……"

2018年春天,处方药成瘾者自助小组"MDAA"举行的会议上,一名30多岁的男性参加者作出了让现场哗然的发言。他的主治医生给他开了抗焦虑药物,他一直遵医嘱服用,结果陷入了处方药成瘾的漩涡。一旦减少药量,强烈的焦虑以及头痛等症状必随之而来,所以他无法停止服药。当他意识到"自己服用处方药成瘾了",原本对主治医生的信任瞬间转变为憎恶。

这天的参加者有8人。没有人诘责男人的发言,大家一致点头赞同。

"感谢你说出了心里话。"

"十分理解你的心情。"

"我也一样,想杀掉那个骗子医生。"

"不要担心,你肯定能够摆脱药物的。"

"愤怒会导致神经兴奋,加重戒断反应。"

"不要被憎恨控制,自己的恢复是第一位的事。"

所有参加者都有类似的经历。他们对于一直随意开处方的医生都产生过接近"杀意"的情感,事到如今仍在怨恨他们。但他们内心十分明白，无论如何憎恨不负责任的医生都对康复没有好处。"摆脱药物，重回健康，这是在那些医生面前争口气的第一步。"男人的表情放松下来，点头回应参加者的建议。

处方数得到限制，但痛苦的患者被放置不管

处方药成瘾是医生不适当的处方造成的。声称苯二氮䓬类安眠药和抗焦虑药物"即使长期服用也是安全的""不用担心会成瘾"，持续性地随意开具处方，这样的医生罪孽深重。1980年代欧美的研究已经指出，哪怕按照规定的剂量服用，长期服药也会引发"常用量成瘾"的药物依赖状态。在日本，由于苯二氮䓬类的大多数药物具有很强的依赖性，因而也在《麻醉药以及精神类药物管制法》的管理范围内。

但就在2012年，我开始为《读卖新闻》撰写常用量成瘾和处方药成瘾的相关报道时，日本睡眠学会具有代表性的一部分精神科医生在推进睡眠运动的内阁网页上写道：

"医生开的安眠药是苯二氮䓬类受体激动剂，副作用小，不容易出现耐药性和依赖性，是更为安全的药物。"

"通常剂量下，不会出现过去药物那样强烈的依赖性（开始服用后无法停药）。"

我撰写了一系列关于处方药成瘾的报道，有的精神科医生散布针对我的毫无事实依据的谣传，如"读卖社的那个叫佐藤的记者是一个反对精神医学的狂热分子"；有的精神科医生放任随意开处方的问题，却在背后说我的坏话，如"他在愚弄患者，弄得患者人心惶惶"。

此后厚生劳动省针对以苯二氮䓬类为主的抗焦虑药物、安眠药，对其处方数量加以限制，要求必须在药物的说明书上标明常用量成瘾（连续服用导致的药物依赖）。这样一来，那些过去声称"常用量成瘾是患者自说自话"，想愚弄患者、继续为随意开处方洗白的不诚实的精神科医生，也一下子改变了态度，开始装模作样地解释说"不能过度使用苯二氮䓬类药物"。只有在调转船头之迅速这点上，他们是一流的。要是他们能够反思，今后努力投入到提升精神医疗的工作中去，那还算好；遗憾的是，他们不具备相应的能力和肚量。

虽然有点迟了，但厚生劳动省推行的限制处方数量的做法，对精神科大量多剂用药起到了一定限制。2018年的诊疗报酬改革中规定，内科医生以同一用法、同一用量开具苯二氮䓬类药物超过一年的话，处方费等药事服务费会被减额。今后，由苯二氮䓬类药物引发的处方药成瘾患者将会减少。但在日本已经有许多深陷处方药成瘾困境的患者。

在一项由医疗经济研究机构开展的面向约118万名健康保险参保人的调查中，2012年10月起的一年里，约有5%的人群（58314人）曾在牙科以外的医疗机构拿到苯二氮䓬类的处方（118万人包括没有到医疗机构就诊的人群，所以针对就诊人群的处方率会更高）。处方率随着年龄的增加而上升，在65岁到74岁年龄段的人群中达到19%。苯二氮䓬类的处方率会随着年龄段的推移而处于高位，深陷处方药成瘾状态的患者想必会有相当数量的上升。

但是能够给处方药成瘾患者提供专业减药治疗的医疗机构还很少。针对因兴奋剂等违法药物成瘾的集体疗法虽然在一部分精神科医生的努力下开始推广开来，但因合法处方导致药物成瘾的患者被置于放任不管的状态。除了预估药物成瘾患者数量众多之外，造成厚生劳动省应对迟缓的另一个可能原因在于，让患者陷入成瘾问题的罪魁祸首正是医生。

推动国家采取行动

MDAA的主要成员山本隆（化名）先生50多岁，他在2017年带着数名因处方药成瘾问题痛苦不堪的患者一起前往厚生劳动省，向官方寻求快速救助的方案。但结果是"我相信他们理解了患者所处的困难状态，但关于救助，他们什么都没提供"。

山本先生长期在大型企业工作，过去曾被处方药耐药性引发的戒断反应所困扰（长期服用导致药效减弱产生耐药性，即便维持服用量也会产生和减药时同样痛苦的戒断反应），不得不长期停职，最终被迫辞职。他到赤城高原医院（第 2 章出现过）住院后成功断药，他发现日本几乎没有处方药成瘾者自助小组，便于 2014 年成立了 MDAA。

MDAA 不仅停留在提供恰当减药方法的有关建议上，还重视成功断药后的相互支持。"我们期待国家能够出手，但他们的行动没有那么快。因此，我们希望通过开展活动，像帮助兴奋剂成瘾者康复的组织 DARC 那样，在各地活跃起来，进而取得国家层面的关注。"山本提出了自己的构想。

2018 年初，横滨市户塚区（MDAA 东京）、东京都町田市（MDAA 町田）、东京都东京市（MDAA 田无）、神奈川县厚木市（MDAA 厚木）等 4 个地方每个月轮流举办一次会议。

直面自己容易对药物产生依赖的弱点

参加成员在不断举行会议的过程中意识到了问题所在："感觉到痛苦时会轻易地依靠医生和药物，也许自己本身就存在容易产生依赖的倾向。"心里感到不适时依靠医学上的专家，这或许会让人感到羞耻，但并没有错。然而，精神科医生的技术和看病方式以及为人存在显著差异，只盲目信任"专家"的身份就可能落入陷阱。

成功断药的一名参加者分享了自己如今的心境：

"我认为自己也存在弱点，那就是完全依赖医疗技术。"

"我之前抱有惰性思维，认为去精神科看病，获得了诊断，拿到药之后只要暂时不工作，休息休息就能康复。"

"总之就是想着早点放轻松，想要摆脱压力。就诊时，我存在这样的焦躁心理。"

"结果是，直到发现自己药物成瘾之前，我们一直欣然取药。从前的我们对医疗抱有过度的期待，认为'医生会帮我的''吃药就会好的'，逃离了自己本该面对的现实，从而导致了精神科依赖、医生依赖、药物依赖的问题。我们也有过错，或者说我们给了它们可乘之机。"

之前稀里糊涂地服药，通过减药最终成功断药，原本在药物的影响下隐藏着的真实的自己暴露了出来。为什么无法入睡？为什么会被焦虑压得喘不过气来？摆脱了药物，面对自己的时候，自助小组发挥了它的真正价值。

MDAA 在 2018 年下半年，把活动扩展到了大阪、爱知、福冈。从 8 月开始大阪府高槻市以每月一次的频率开始定期举行会议。山本先生认为不仅是医护人员，患者自身也有改变的必要，以此为理念的活动正被越来越多的人看到。

把两名患者的眉毛全部剃掉的护士长

2015 年 1 月 30 日，山梨县甲府市的一家精神科医院（以下称 Y 医院）里，一名男护士长把两名患者的眉毛全部剃掉了。60 多岁的患者 T 先生两边的眉毛都被剃掉了，50 多岁的 W 先生只剩下眉头的部分。T 先生如同黑帮电影中的坏人，W 先生变成了麻吕眉[①]。两人都是洗澡时在浴室被剃了眉毛的。

医院里当然乱作一团。护士长解释说"是患者让我剃的"，但 Y 医院的一些护士愤怒地表示："患者不可能让他把眉毛全部剃掉或者

[①] 日本古代在贵族之间流行过的一种眉形，剃掉大部分眉毛，将仅剩的眉头修成椭圆形。

剃成麻吕眉，一看就是撒谎。"他们认为这是严重虐待患者的行为，在 2015 年 2 月初向甲府地方法务局人权保护科报告了此事。下面是当时举报信中的一部分：

"他为什么会这样做？T 患者和 W 患者的家属都不来探望。他们是精神疾病患者，所以就能够随意地剃掉他们的眉毛吗？如果是其他科室有家人的患者，他也敢剃他们的眉毛吗？他是护士长，身为管理者就能够为所欲为吗？这其中大有问题。这是玩弄患者。患者不是供人娱乐的玩具。"

随意剃掉别人的眉毛会被以暴行罪问责。法务局调查了 Y 医院，也找 T 先生了解了情况。但别提《刑事诉讼法》上的告发检举了，甚至都没有进行防止再次发生的劝告。Y 医院的事务长称："法务局来的消息，说'无法确认存在侵害人权的事实'。"Y 医院认为"无论剃眉毛的出发点是什么，这种行为都是不适当的"，院方对护士长做出了降薪和降级的处分。

事情到这就结束了。精神科医院里即便发生了工作人员对患者施暴的案件，一般也不会公开。这个案例里护士长遭到处分，这样的结果也许还算好的。

精神科患者的人权遭到忽视

但事情以这样的方式收场妥当吗？综合医院里，一名护士把住院患者的眉毛剃成麻吕眉是被允许的吗？中学老师可以把男学生的眉毛全剃掉吗？这毫无疑问会成为全国性新闻，院长或校长都会被追究，最后不得不向公众道歉吧。我不认为施暴者还能继续在原单位里待下去。可这名护士长的暴行却没有得到社会的广泛关注，只是被私下处理了。就因为两名受害者是"精神病医院的患者"吗？

W 患者已经死亡，2015 年事件发生时因病情恶化很难说出话了。但 T 患者处于能够讲述事件经过的状态。T 患者年轻时遭遇事故，患上了癫痫，事件当时因癫痫发作接受住院治疗。如果病情得到控制，他说话和活动都不会有障碍。

2018年6月，我拜访了T先生位于甲府市的公寓，他一个人居住。T先生对于3年前发生的事件记得相当清楚，他很肯定地说："我从没有要求过给我剃眉毛。"

T先生长相凶悍。他为此十分烦恼，出门时多戴口罩。T先生不可能要求医生把他的眉毛全剃了，那样只会让他看起来更让旁人害怕。而且，当时T先生身体上没有问题，如果他想要剃掉眉毛的话，也不需要其他人协助他洗澡，完全可以要了剃眉刀自己动手。

医院没有问询受害者，法务局终止了调查

"是患者让我剃的"，对于护士长极不自然的解释，医院的管理者当然应该向T患者确认实际情况。可是T先生证实："医院从没有找我询问过情况。"医院的事务长说："调查不是由我进行的，所以不清楚情况。我不知道谁去调查的，但剃眉毛一事确认是发生了。不管是不是患者的要求，剃眉毛这个行为本身就有问题，因此做出了处分决定。如果去调查患者有没有请护士长这么做，而患者说确有其事，那就很难进行处理了。所以才将重点放在剃眉毛这个行为上。"

事务长的解释完全是在回避问题，所以我又问了一遍："医院有没有确认过患者是否真的拜托了护士长，让他帮忙剃眉毛？"事务长说不出"确认过"，仍旧支支吾吾地说着自相矛盾的解释。他们如果从T患者那里得到"从没有要求过"的证词，就必须将此事作为工作人员的施暴案件来处理，所以才故意不问情况（或者装作没问过），以此掩盖事实——医院的处理方式让我不禁产生这样的怀疑。

甲府市地方法务局人权保护科在问询了T先生后，获得了"从没有要求过"的证言，但最终认定"无法确认存在侵害人权的

事实"。为什么会这样？人权保护科回应称"无法针对某起个案的调查结果进行回应","有可能患者不希望将事件发酵，因此停止了调查"。

T先生的确跟前来病房的法务局工作人员说过："眉毛还能长出来。对方也有工作，也有家人。这事就算了吧。"

但是受害者说"算了"，就应该按照其意愿停止调查吗？受害者还要继续待在遭到侵害的地方，这种情况下说真话是需要勇气的。人权保护科回应称："视具体情况而定，考虑到社会影响，也有继续调查的案例。"我这么解读可能有点像在找茬，但看上去法务局认为这个案例"社会影响比较小"吧。保护声音弱小的患者们的人权应该是法务局的职责，但事实上法务局并不关心社会关注程度低的人群。如此一来，精神科的患者只有任人宰割，无法得到保护。

颇为了解当时Y医院情况的一名相关人士证实说："护士长非常积极地同患者保持沟通，在这个意义上他是个热心肠的人。但我也目睹过他开玩笑似的捉弄患者。把长相凶悍的T患者眉毛全部剃掉，让他看着更加叫人害怕；把长相温和的W患者的眉毛剃成麻吕眉。这样的做法在护士长心里应该是开玩笑的程度吧。他可能认为周围的人会理解自己的笑点。这种做法严重侵犯人权，但精神科医院的氛围让人渐渐迷失了，而社会也默许了这种行为，人情淡薄得令人胆寒。"

T先生原谅了护士长。生活在这样一个无法保护需要关怀人群的社会，也许我们才是陷入了严重的心病之中。

施加暴行逼死患者才判处"赔偿30万"

从一桩患者遭护士施暴案件的审判中，也能够很明显地感受到这个社会的无情。案件发生在千叶市的石乡冈医院，2012年1月1日下午4点多，两名男性助理护士（下文记为S、T）在协助隔离房间的患者弘中阳（当时 33 岁）更换纸尿裤时对其施加暴力，造成他头部骨折，伤势严重。大约 2 年后，弘中先生去世，2015 年 7 月两名助理护士因伤害致死嫌疑遭到逮捕。

2012 年 2 月，我在《读卖新闻》上独家报道了这个事件。尽管当时隔离房间的天花板上装有摄像头，拍摄到了施暴的过程，但警察的行动十分迟缓。因此我在各种平台上继续发声，在《读卖新闻》的网站"读卖医疗"、讲谈社的网站"现代商业"上发表文章，出版讲谈社现代新书《精神医疗的黑暗面》等，持续报道此案。弘中先生毕业于法政大学，目标是成为一名记者。他因有些心情低落而就医，却成为不适当精神医疗的牺牲品。他被开具大量多剂处方，遭受电痉挛疗法（电击），身心逐渐被摧毁，详细过程可查阅上述报道。

大学时代的弘中阳。他因为有些心情低落而到精神科就诊，悲剧由此开始。

60 多岁的助理护士 S 和 T 被起诉，千叶地方法院审理了此案。2017 年 3 月，法院做出的判决让人惊诧。S 被判赔偿 30 万日元，T

则被判无罪。

S要给弘中先生脱裤子时，弘中先生因抗拒而乱踢腿，S被踢中身体，恼怒之中走向弘中先生头部方向，朝着后者的面门踩下去。视频显示S或踩或踢，右脚2次，左脚1次。但法院认为视频影像3秒1帧，十分模糊，不够清楚，以此为理由只认定了其左脚踩踏1次。S因这个暴行被判处赔偿30万日元。

不清不楚的判决

检方主张T在S施暴后用其左膝部抵住弘中先生头部，将身体全部重量压在上面。视频里看上去的确如此。检方认为这种强行控制患者的行为脱离了看护范畴，是导致弘中先生头部损伤的原因，因此主张S和T是共犯。但是判决认为视频影像存在死角以及不够清晰，无法看清T膝部所处的位置，无法确定他用膝部压在受害者头部位置，无法将其认定为不适当且危险的抑制行为。

但奇怪的是，做出判决的这名法官还这样说：

"根据本案中的视频影像无法否定以下可能性：正采取抑制行为的被告T的左膝部压在受害者的颈部附近，并凭借自身体重在其颈部附近从前向后施加压力。因而也无法否定因被告T的行为导致受害者发生颈椎骨折的可能性，无法断定被告人S的脚踢行为引发了被害人的颈椎骨折。"

法官也认可弘中先生的颈椎骨折发生在更换纸尿裤期间："本案中受害人颈椎骨折的原因无法被认为发生在更换纸尿裤等期间以外，鉴于此，本院认为受害人的颈椎骨折发生于本案中的更换纸尿裤等期间。"这样一来，颈椎骨折的原因要么是S的脚踢，要么是T的抑制行为，或者是二者交织下产生的后果。可是责任到底归咎于谁难以明确，法官便放弃了对此作出判决——尽管弘中先生当时身负无法治好的重伤，最终导致其亡故。

关于 T 明显不适当的压制行为，判决还认为："从结果看来对受害人的颈部附近施加了压力，但无法断言被告 T 的抑制行为超出了看护行为所必要的限度。出于看护目的抑制行为需要承认其具有社会性价值。"

毫无顾忌的抑制行为属于看护行为吗？

在二人进入隔离房间前，弘中先生正安静地坐在地板上。二人一进入房间便使劲拽倒弘中先生，把他的裤子脱到腿部，让他就在这种状态下进食。此后他们想要脱掉裤子更换纸尿裤，就在这时，弘中先生因为抗拒而开始被二人强行压制住了。

不管是谁，没有来由地被控制住身体都会反抗。不管是谁，脸部遭到脚踢都不会心平气和。故意挑唆本来安静老实的患者乱闹，再用力量制服，让其痛苦，这种行为也能算在看护的范畴里吗？看过视频影像的一位资深男性护士感到愤怒：

"开什么玩笑！强行拽倒患者使劲压住，让他越来越抗拒，这已经不是看护而是施暴了。"

精神科护士个人都对这个判决感到愤慨。他们所从事的工作竟被与让患者痛苦不堪的暴力相提并论，愤慨是当然的。但是日本精神科看护协会等相关组织对这个不把精神科护理当一回事的判决保持了沉默。检方在案件审判过程中提出了邀请精神科看护的专家出庭作证的申请，但法院否定了此举的必要性，驳回了申请。

S 和 T 之前都在监狱里当过狱警。在任期间他们取得了助理护士的资格，但他们真的拥有精神科所需要的看护技能吗？看了他们一系列的举动，我不禁想到，他们大概认为力量和压制就是精神科看护的全部。

了解当时石乡冈医院内情的一名前工作人员向我讲述："两人都有很强的责任感，能够提前应对容易发作的患者。那天正是新年，缺少人手，两人应该也是出于责任而选择上班的吧。"责任感固然重要，但更重要的应该是学习看护的基础知识，比如如何让患者放下戒备，顺利地为其更换纸尿裤等，难道不是这样吗？

不合理判决中"被发挥的" 市民感受

更让人哑然的是，该案审理采用陪审团制度，不合理判决结果中折射出了普通市民的想法。

这场判决的严重问题在于，没有将精神科的患者当作和我们一样的人。人们开始产生这样的想法："他们是危险的生物，所以用蛮力对待他们也是不得已而为之，即便用力过猛可能出人命，但这不也是没有办法的事嘛。"

我们的社会把这种偏见当作养分，助长了轻视患者的医生和护士的势力，把精神医疗搅得一团糟。可以说我们都是实施黑暗精神医疗的共犯。只有每个人都抛却这种无知的偏见，加深对承受着心理痛苦的患者的理解，精神医疗才可能迎来美好的明天。

东京高级法院在 2018 年 11 月 21 日对石乡冈医院事件做了二审宣判。S 的一审判决被撤销，因已过公诉时效，不予起诉；检方终止了对 T 的上诉，T 无罪。真相仍然遥遥无期，以人道主义对待弘中阳的要求也未得到实现。

国家司法机关极不合理地把过分且不恰当的抑制行为视为在精神科护士合理的职责范围内，为精神医疗乱象提供了许可证，罪孽深重，无以复加。

后　记

　　日本精神医疗弊端的根源在于日本精神科医院协会（日精协）。过去，国家政策导致病床供应过剩，协会为了保持这种状况而干预政治，反对减少病床的修正法案。这种行为正是恶中之恶。

　　但是问题仅此一项吗？我们难道没有把责任推给日精协，回避自己内心深层的恶吗？

　　明治时期到大正时期，东京帝国大学吴秀三教授致力于推动废除禁闭牢、普及近代精神医疗，为此四处奔走。100年前（1918年），在他撰写的报告《精神病患者私宅监置[1]的情况和统计观察》中，有如下论述（引用自医学书院出版的改写为现代日语的《精神病患者私宅监置的情况和统计观察》一书，金川英雄注释）：

　　"全国约十四五万的精神病患之中，约十三万到十四万五千名同胞事实上没有受到圣明的医学恩惠，可以说国家和社会将他们视为破履一般全然放弃了。"

　　"我国十几万精神病患，除了遭受疾病的不幸，还因生在这个国度而遭受着双重不幸。"

　　吴教授调查发现，患者们被关入禁闭牢，病情因而愈加恶化。他呼吁向患者提供切实的精神医疗，为此应当仿照当时的欧美各国设置专门设施。

时间过去了一个世纪，患者们得到有效的治疗了吗？

欧美在此期间减少了精神病床，转向了社区疗养，为患者提供照护。但日本的精神科医院在病床缩减上仍没有进展，旧时代的收容型精神医疗依旧耀武扬威。

把"有点奇怪的人"视为多余，将他们关进目不所及的地方。我们日本人在经过百年之后仍然没有改变"给臭物盖盖子"的想法，结果就是把禁闭牢外包，将精神病人全部托付给日精协。

并且在这个岛国，对待去过"那边"（精神科医院）的人冷淡薄情得让人感到恐怖。在精神科医院遭受侵害的患者和家属即便发出指责，这个国家里给予回应的人也少之又少。在这样的环境下，精神医疗的实质不会有改善，应该治好的病也无从治愈。

但无论是谁都有可能罹患精神疾病。即便现在如同他人之事，5年后患上重度抑郁，手脚都被捆绑起来，这样的未来未必不会发生。如果继续视而不见，下一个去"那边"的人或许就是你。

吴教授在100年前这样写道：

"虽然不能断言精神病是良性的疾病，但也绝对不是世人大多认为的无法治愈之病症。在正确的时机处理，加上切实的医疗，不少人能够治愈。"

推广切实的精神医疗需要来自社会的关心和监督。针对不仅没有治好病甚至还导致病情恶化的医疗，要紧的是整个社会立即行动起来，防止它们失去控制。选择保护"不少能够治愈"的人们，还是把他们视作"破履"一般放弃？这是当下日本面临的一次国民测验。

本书是在很多患者和他们的家人、医疗相关人员的帮助下完成的。我对不求有功、但求无过的消极主义感到厌倦，舍弃了大报社

---

① 私宅监置意为将精神病人关在私人住所的一间房间内进行监护。这是根据明治三十三年（1900年）公布的《精神病人监护法》所规定的制度。

的招牌。但他们依旧相信我，长期接受我的采访。我希望能将他们的经历传递给读者。最后，感谢多次给予我建议的讲谈社田中浩史先生，还有继《精神医疗的黑暗面》一书后再次为本书提供出版帮助的高月顺一先生。

2018 年 11 月

佐藤光展

《NAZE、NIHON NO SEISHIN IRYOU WA BOUSOUSURUNOKA》
© Mitsunobu Sato 2018
All rights reserved.
Original Japanese edition published by KODANSHA LTD.
Publication rights for Simplified Chinese character edition arranged with KODANSHA LTD.
through KODANSHA BEIJING CULTURE CO., LTD. Beijing, China.
本书由日本讲谈社正式授权，版权所有，未经书面同意，不得以任何方式作全面或局部翻印、仿制或转载。

图字：09-2023-0537号

图书在版编目(CIP)数据

日本精神医疗乱象 / (日) 佐藤光展著；赵明哲译.
上海：上海译文出版社, 2025.4. —— (译文纪实).
ISBN 978-7-5327-9781-3

Ⅰ. I313.55
中国国家版本馆CIP数据核字第2025M84N67号

日本精神医疗乱象
[日]佐藤光展 著 赵明哲 译
责任编辑/常剑心 装帧设计/邵旻 观止堂_未氓

上海译文出版社有限公司出版、发行
网址：www.yiwen.com.cn
201101 上海市闵行区号景路159弄B座
上海盛通时代印刷有限公司印刷

开本890×1240 1/32 印张6.5 插页2 字数110,000
2025年4月第1版 2025年4月第1次印刷
印数：0,001-6,000册

ISBN 978-7-5327-9781-3
定价：52.00元

本书版权为本社独家所有，未经本社同意不得转载、摘编或复制
如有质量问题，请与承印厂质量科联系，T：021-37910000